한국 현대 노년소설 연구

# 한국 현대 노년소설 연구

최선호

국학자료원

# 책머리에

이 책은 근·현대의 험난한 역사와 시대적 상처를 간직한 노인과 그들의 노년에 대한 이해를 바탕으로, 1970년대부터 1990년대까지의 노년소설에 구현된 노인과 노년의 형상화 양상을 파악하는데 목적을 두었다. 이를 통해 노년소설의 시대적 흐름과 노인문제에 대한 의식의 변화를 추적하고 문학사에서 노년소설이 차지하는 위상과 가치를 살펴보았다.

1970년대 노년소설은 가정에서 노인의 위기를 감지하는데서 시작되었다고 할 수 있다. 급격한 생활패턴의 변화와 전통적 가부장제 가치관의 혼란은 세대 간의 대립과 갈등을 초래하였다. 이 시기 성인인 자식들은 노인에 대한 공경과 경제력을 상실한 무기력한 존재라는 인식 사이에서 갈등하고 있으며, 이러한 그들의 갈등은 노인을 대하는 태도에서 그대로 드러나고 있다. 노인에 대한 가부장적 가치관이 아들에게는 노인인 부모에 대한 공경으로 남아있던 반면, 며느리에게는 노인에 대한 학대와 멸시로 나타난다. 노인들은 자신들의 삶이나 존재가치를 가정이나 가족 안에서 찾고 있으며, 가족과 분리된 자신들의 모습은 상상할 수도 없었다. 노인에게 가족으로부터의 소외와 가정 안에서의 역할상실은 자기존재에 대한 혼란과 삶의 회의감으로 이어지는 충격적인 사건이라 할 수 있다. 노년소설에서는 노인이 주인공으로 등장하기 보다는 주로 자식과 타인에 의해 부담스러운 존재로 그려지며, 끊임없이 노인의 주변을 맴돌고 있는 작품들이 주를 이루고 있던 때이기도 하다. 1970년대는 아직 노인이 자기 자신의 삶이나 존재에 대해 구체적으로 인식하거나 노년에 대한 의식이 확립되지는 못했던 때였다. 이 시기 노인들은 자존감의 하락으로 무기력하고 소극적인 모습이며, 그들의 의식과 행동은 자식이나 사회적 평가와 지배에서 자유롭지 못했다.

1980년대는 사회적 차원에서의 노인문제나 혹은 노인공동체 생활에 관심을 두기 시작한 시대였다. 자식들은 노인의 존재나 삶에 일정한 거리를 두고 객관적 시선으로 접근하려는 노력을 보여준다. 노인은 여전히 주체가 되지 못하고 부담스러운 부양의 대상이지만, 가족들은 그에 대한 인간적 이해와 연민을 바탕으로 그들을 품어준다. 자식들이 노인도 한 사람의 인간이라 인정한다는 것은 이전 시기에 비해 그들의 의식이 많이 성숙해졌음을 드러낸다. 또한 노인들의 공동체생활에 주목하여 노인과 노년에 대한 새로운 인식과 관점이 조성되는 시대적 특징을 보인다. 이 시기는 노인의 부양문제를 해결하기 위해 새로운 부양방식이 모색되고 있으며, 노인문제 해결을 위한 사회·국가적 차원에서의 다양한 시도가 이루어진다는 점에서 의미가 있다.

노년소설은 노인이 처한 현실을 사회적 시선에서 바라보게 되고 객관적이고 이성적인 시각으로 노인과 노년의 문제를 드러낸다. 또한 노년소설은 노인들을 긍정적이고 생산적으로 수용할 수 있는 다양한 사회적 활동의 필요와 그에 따른 체계적인 사회적·국가적 지원과 대책이 시급한 실정임을 직시하였다. 1980년대 노년소설은 사회적 시각으로 노인의 모습과 생활에 관심을 가지고 접근하였다는 점에서 노년소설의 확대·발전을 이루었다.

1990년대 노년소설은 노인의 주체성 확립이라는 근본적인 문제를 중심으로 소소한 노인 개인의 일상생활에 관심을 갖고 접근하였다. 노인들은 가족에게 의지하지 않고 정신적으로 독립하려는 노력을 끊임없이 시도하며 노년의 자기 주체성을 확립하고 인정받고자 한다. 또한 노인들은 자신의 늙은 몸을 통해 드러나는 성과 사랑, 죽음 등 본질적인 문제에 대해 관심과 견해를 표출하고 있다. 노인들의 모질고 단단한 삶에는 그들 나름의 사상과 의지가 담겨있으며, 어느 삶이나 죽음까지도 모두 존중받고 함부로 판단할 수 없음을 깨닫게 해 준다. 노인들은 주도적으로 자신의 노년을 받아들이고 책임지며, 오랜 세월 살아오면서 쌓인 그들만의 견해를 피력한다. 이 시기 노인들은 젊은 사람들과 다름없는 보편적 삶을 추구할 권리가 있음을 인식하고, 가족과 사회로부터 독립하여 자신들의 의지대로 선택한 삶을 살고자 노력한다. 노년소설은 노인도 주체적으로 노년의 삶을 추구하고 누릴 권리가 있으며, 늙음에 대한 그들의 고뇌와 두려움을 담아내어 그들에 대한 인간적인 이해를 유도한다. 이러한 노인의 주체적인 모습은 노년소설의 주제를 풍부하게 해주는 동시에 노년소설의 새로운 가능성을 제시한다. 1990년대 노년소설은 노년의 삶과 의식을 중심으로 노인이 자기 정체성을 자각하는 모습에 주목함으로써 노인을 향한 고정적이고 획일화된 인식에서 벗어나 보다 진보적인 시각으로의 변화를 이끌었다는 점에서 문학적 성과가 크다고 할 수 있다.

이 책은 1970년대부터 1990년대까지 노년소설의 시대적 흐름과 변모 양상을 통해 노인과 노년에 대한 의식의 성장과 사회적 제도의 정착 과정을 알게 되었다는 점에서 의의가 있다. 노년소설이 보다 다양하고 깊이 있게 확대·발전하기 위해서는 노인이나 노년에 대한 의식의 변화가 반드시 필요하다. 이러한 의식의 변화는 노인을 대하는 사람들뿐만 아니라 노인들이 자신에 대한 의식이나 사고의 확립을 바탕으로 가능해진다고 본다. 노인들의 적극적이고 주체적인 자기인식이 이루어져야만 노년의 새로운 삶을 실현할 수 있으며, 노년소설은 이러한 노년을 담아냄으로써 문학적 발전을 이루고 위상을 정립하게 될 것이다.

> 창(窓)을 사랑한다는 것은,
> 태양을 사랑한다는 말보다
> 눈부시지 않아 좋다.
>
> — 김현승, 「창」 부분

눈부시지는 않지만, 아름답고 소중한 일들이 많은 시간이었다. 창을 닦는 마음으로 박사학위 논문을 다듬었다. 책의 출판을 결정하기까지 많은 아쉬움과 고민이 있었지만 용기를 내었다. 노년소설에 대한 관심만으로 얼기설기 거칠게 엮어놓은 연구를 한 권의 책으로 펴내는 일은 그동안의 시간을 정리하는 기회이기도 했다. 이 책을 새로운 걸음을 내딛기 위한 길잡이로 삼고 싶다.

책을 출간할 수 있도록 격려하고 응원해 주신 심사위원 교수님들과 따뜻하게 지켜봐주신 아주대 국문학과 교수님들께 진심으로 감사의 마음을 전한다. 그리고 부족한 제자가 길을 잃지 않도록 이끌어주시고 지켜봐주신 송현호 지도교수님께 고개 숙여 존경의 인사를 드린다. 한 권의 책이 나오기까지 많은 도움을 주고 다독여준 대학원 선생님들께도 고마움을 전하고 싶다. 그리고 책의 출판을 위해 애써주신 국학자료원 정구형 대표님과 편집부 우민지 님께도 감사의 마음을 표한다.

이 책을 빌어서 양가 부모님의 깊고 넓은 사랑에 작게나마 보답하고 싶다. 부모님이 곁에 계신 것이 나에게는 무엇보다도 큰 행운이다. 그리고 보물 같은 딸 연우, 연수에게 내 마음을 전한다. 나를 위한 딸들의 격려와 애정이 힘든 순간을 이겨내는 큰 힘이 되어 주었다. 연우, 연수의 앞날에도 사랑과 감사가 충만하길 기원한다.

나의 그리움과 외로움을 채워주고 언제나 나를 지지해 주는 고마운 남편. 나의 여행에 기꺼이 함께 해주는 남편 덕분에 내 삶은 참 따뜻하고 행복하다.

2019년 3월

저자

# 목 차

# I.

## 서 론

# I. 서 론

## 1. 연구 목적

이 책은 한국 현대 노년소설을 시대적 연관 속에서 파악하고, 노인과 노년의 형상화 양상과 노인문제에 대한 의식의 변화를 총체적으로 살펴보는데 그 목적을 두었다. 구체적으로 노인과 노년 형상화가 노인과 가족 구성원 사이의 갈등이나 노인문제에 대한 사회적 대응, 노년을 맞이하는 노인 자신의 의식과 감정 등 여러 양상으로 나타나는 상황을 분석해 볼 것이다. 나아가 사회적으로 노인과 노년에 대한 관심이 확대되는 가운데 노인문제에 대한 제도적 해법이 마련되는 실정을 노년소설이 어떻게 포착하고 있는지 밝혀보고자 한다.

노년소설은 노인과 노년에 대한 새로운 인식과 의식의 변화를 유도하고, 어떤 형태로든지 죽음이 내재되어 있는 양식적 특성을 갖는다. 노년소설은 작가의 도덕적 의도와 결합하여 당대 시대적 현상과 노인에 대한 이해를 요구하는 장르로 우리와 밀접하게 연결되어 있다.[1] 개인은 어떤 경우에나 사회에 속해 있기 때문에 문학작품은 그것을 생산한 환경이나 문화, 문명을 떠나서는 충분하게 이해될 수 없다. 그러므로 모든 문학작품은 사회적·문화적 요인들의 복합적인 상호작용의 결과이며 그 자체가 복합적인 문화적 객체이다.[2] 또한 노년소설에 반영된 "노인문제가 사회전반, 특히 경제 분야에서 놀라운 팽창과 '진보'를 성취한 우리 사회의 윤리적인 치부와 맹점을 노정하고 있다는 점"[3]에서 학문적 가치를 지니며, 이것은 노년소설이 문학의 새로운 영역으로 정립될 수 있는 가능성을 드러내는 것이다.

노년소설은 1970년대 산업화 시대에 본격적으로 생산되기 시작하였다. 1970년대는 정치적 혼란과 산업화·도시화에 따라 급격한 사회 변동을 겪었던 시대였다. 이 시기는 국가 주도의 경제개발 계획이 추진되었고, "도시의 확대와 대중문학의 확산, 사회 구조의 변화와 생활 패턴의 다양화, 물질주의적인 가치관의 확대"[4] 등 새로운 사회로의 변모가 이루어졌다. 그러나 이러한 급격한 산업화·도시화의 과정에서 노인들은 발전의 방해요소로 전락하여 철저하게 배제되고 소외되

---

1) 소설이 사실에 대한 기록인 역사와 가장 닮았으면서도 전적으로 작가의 상상력의 소산으로, 사람들에게 옳게 사는 방법을 제시하고자 하는 작가의 도덕적 의도를 달성하기 위한 효과적인 수단이기 때문이다. (송현호,『한국현대소설론』, 민지사, 2010, 15~16쪽 참조.)
2) 이선영,『문학비평의 방법과 실제』, 삼지원, 2003, 75쪽.
3) 변정화,「시간, 체험, 그리고 노년의 삶―이선의「이사」와「뿌리내리기」를 대상으로」,『한국문학에 나타난 노인의식』, 백남문화사, 1996, 175~176쪽.
4) 권영민,『한국현대문학사 2』, 민음사, 2013, 245쪽.

었다. 시대의 변화로 가정과 사회로부터 소외되는 노인들이 점차 많아지고 그것이 사회문제로 표면화되면서 지식인들은 노인문제에 주목하기 시작했다. 이런 사회 현상을 바탕으로 문학에서 노년소설의 비중이 커지게 되었다.

또한 노년소설의 출현은 우리 사회의 노령 인구의 증가 현상과도 밀접한 관련이 있다. 1970년대부터 1990년대 말까지의 기간은 2000년대 맞이한 고령사회의 전(前) 단계로 고속 성장과 맞물리며 시간이 흐를수록 노인인구의 비율이 증가하는 시기였다. 현재 노인연령 기준은 통상 65세이지만, 기획재정부는 2016년 12월 29일 '2017년 경제정책 방향'을 발표하고 노인연령의 기준을 70세로 상향조정하기 위한 논의에 본격 착수하기로 밝힐 만큼 노인 인구가 급증하였다. 이러한 심각한 고령화 현상은 노인에 대한 책임과 대책을 필요로 하고, 노인 문제는 사회적·문학적으로 중요한 주제로 자리매김하게 되었다. 노년소설은 이런 사회 변화에 부응하여 사회적 이슈를 밀도 있게 형상화하기 시작하였다. 거기에 더해서 이전에 활약했던 작가들이 노년기로 접어들면서 자신들의 노년을 비롯하여 우리 사회의 노인과 그들의 삶을 형상화할 수 있는 여건과 환경이 조성되었다고 할 수 있다.[5]

---

5) 1910년부터 1960년 후반까지는 노년소설이 많이 발표되지 못하였다. 그것은 우리의 역사적·시대적 상황에서 비롯된 것으로 일제강점기에는 소년의 패기와 젊은이의 의욕을 앞세웠기 때문이다. 이후 광복과 한국전쟁, 정부수립 등의 과도기적 환경에서는 노인보다는 젊은이들에게 더 많은 기회를 제공하고 기대를 걸었으므로 상대적으로 노인이 문학 전면에 드러나는 경우는 매우 드물었다. 또한 이 시기는 단명한 작가들이 많았으며, 노년기 작가들은 자신의 노년을 들여다볼 여유가 많이 없었다고 할 수 있다.

노년소설은 사회적 변화와 현상을 놓치지 않으며, "인간이 사회에 의해 조건화될 수 있다는 진실"[6]을 미묘하게 보여주고 있다. 초기 주변인으로 내몰렸던 노인들이 시간이 흐름에 따라 사회의 주체로 부각되고 기득권으로서의 역량이 확보되면서, 노년소설도 점차 심화·확대되는 추세이다. 1970년대부터 1990년대까지의 노년소설에 등장하는 노인들은 일제강점기라는 비참한 시대상황을 온전히 견디고 해방을 맞이했으며, 그 해방의 기쁨이 채 가시기도 전에 한국전쟁을 치르는 역사적 비극을 겪었다. 노인들은 자신의 삶을 누리거나 행복한 가정에서 평범하게 살아온 젊은 시절의 기억이 없는 불행한 세대이다. 또한 그들은 급격한 근·현대화와 정치적·사회적 혼란의 시기를 무력한 노인으로 절박하고 고통스럽게 버티었다. 그러므로 그들의 노화는 자연스럽고 평범한 것이 아니라, 고달프고 가혹한 현상이었다고 할 수 있다. 이 시기 노인들은 근·현대 특유의 고통스러운 역사적 시련들을 모두 견디며 나이를 먹은 세대였다. 그러므로 노년소설에 등장하는 노인들은 우리의 특수한 역사적·시대적 인식을 바탕으로 이해되어야 할 것이다.

우리의 노년소설은 일제강점기와 해방, 한국전쟁, 근대화에 이르는 비극적 역사와 시대를 살아온 노인의 노년을 담아내고, 고령화와 노화가 갖는 복합적인 성향을 포괄적으로 조명한다는 점에서 문학적 가치를 갖는다고 할 수 있다. 이러한 점에서 노년소설은 시대를 반영하고 문학사의 새로운 흐름을 창조해내는 장르로 깊은 공감과 성찰을 이끌어내기에 충분하다. 노년소설에 대한 연구는 단순히 노인과 노년

---

6) 김병익, 『지성과 문학』, 문학과지성사, 1982, 124쪽.

의 삶을 조명하는데 목적이 있는 것이 아니라, 그 시대와 역사의 흐름을 거시적 안목으로 통찰하는 작업이 될 것이다.

이 책은 그동안의 연구를 바탕으로 노년소설 전반에 걸친 통시적 접근을 통하여 현대 노년소설의 흐름과 노인과 노년에 대한 의식의 변화를 총체적으로 살펴보고자 한다. 그 일환으로 1970년대부터 1990년대까지 각 시대마다 노인이나 노년의 형상화에 있어서 어떠한 특성을 보이는지를 살펴보고, 노년소설의 흐름이 시대별로 어떻게 변화되는지 그 변화의 양상을 제시해보고자 한다. 본 연구를 바탕으로 향후 노년소설을 포함하여 노년소설의 전체적인 흐름을 파악하고 현대문학사에서 노년소설의 위상과 가치를 정립할 수 있는 계기를 마련할 수 있을 것이라 기대한다.

## 2. 연구사 검토 및 문제 제기

1970년대 이전에도 노인과 그들의 삶을 다룬 작품들이 발표되기는 하였지만, 본격적인 노년소설은 산업화시대 이후, 즉 1970년대부터로 보는 것이 적합하다. 그 이유는 1970년대부터 노인들의 평균 수명이 길어지고 산업화와 전통적 가치관의 변화로 인해 노인소외 현상이 본격적으로 나타나기 때문이다. 또한 이 시기 노인 문제는 가족 간의 문제뿐만 아니라 사회문제로 확대되기 시작한다.

노년소설에 대한 연구는 1970년대 김병익, 천이두 등에 의해 시작된다. 그들은 노년기 작가가 드러낼 수 있는 "노년기에 처한 인간의 내밀한 분위기와 원숙한 태도, 노인의 지혜"를 전제로 작품을 살펴보고 있다. 김병익은「老年小說·沈黙 끝의 小說」7)에서 박영준의「半自由地帶」와 이봉구의「죽음의 그림자」, 오상원의「侮蔑」, 서정인의「金山寺 가는 길」의 분석을 통해 노작가들의 정신의 원숙성이 드러남을 밝히고 있다. 천이두는「원숙과 패기」8)에서 최정희, 황순원, 서기원의 작품들을 중심으로 특히 죽음의 의식에 대한 노년기 작가의 체험적 수용태도와 그들에서만 느낄 수 있는 특수한 분위기에 주목하였다. 김병익과 천이두의 연구는 노년소설에 대한 관심을 이끌어 냈다는 점에서 의의가 있지만, 노년소설에 대한 개념설명이나 규정이 없이 용어만을 사용하고 있으며 문학적 성숙의 차원에서 작가층을 노년기 작가들로 한정하는 한계를 보인다. 이들의 연구는 초기 노년소설에 대한 관심을 유도하지만, 본격적인 연구는 1990년대부터 시작되었다.

노년문학 연구의 본격적인 연구 성과로 '문학을 생각하는 모임'에서 발간한『한국문학에 나타난 노인의식』9),『한국노년문학연구 II』10),『한국노년문학연구 III』11),『한국노년문학연구 IV』12)의 4권의 연구집을 들 수 있다. 이 연구집은 고전시와 고전소설, 현대시, 현대소설,

---

7) 김병익,「노년소설·침묵 끝의 소설 ─ 노년과 중년기 작가의 변모와 기대」,『한국문학』, 1974. 4, 304~308쪽.
8) 천이두,「원숙과 패기」,『문학과지성』, 1976. 여름호, 509~519쪽.
9) 문학을 생각하는 모임,『한국문학에 나타난 노인의식』, 백남문화사, 1996.
10) 문학을 생각하는 모임,『한국노년문학연구 II』, 국학자료원, 1998.
11) 문학을 생각하는 모임,『한국노년문학연구 III』, 푸른사상, 2001.
12) 문학을 생각하는 모임,『한국노년문학연구 IV』, 이회문화사, 2004.

희곡 등 문학 장르 전반에 나타난 노년의 삶과 문제들에 대한 연구를 포괄하고, 노년문학의 개념과 범위를 규정하였다. 이 중 노년소설에 대한 연구는 변정화13), 서정자14), 유남옥15), 조회경16), 서순희17)의 논문이 있으며, 노년소설의 개념이나 세부요건을 규정한 연구로는 변정화의 「시간, 체험, 그리고 노년의 삶─이선의 「이사」와 「뿌리내리기」를 대상으로」와 서정자의 「하강과 상승, 그 복합성의 시학─최근 10년의 노년소설에 나타난 노인의식과 서사구조」가 있다.

변정화는 「시간, 체험, 그리고 노년의 삶─이선의 「이사」와 「뿌리내리기」를 대상으로」에서 노년소설의 세부요건으로 노년의 인물이 주요인물로 나타나야 할 것, 노인이 당면하고 있는 제반 문제와 갈등

---

13) 변정화, 「시간, 체험, 그리고 노년의 삶─이선의 「이사」와 「뿌리내리기」를 대상으로」, 『한국문학에 나타난 노인의식』, 백남문화사, 1996.
_____, 「죽은 노인의 사회, 그 징후들」, 『한국노년문학연구 II』, 국학자료원, 1998.

14) 서정자, 「하강과 상승, 그 복합성의 시학─최근 10년의 노년소설에 나타난 노인의식과 서사구조」, 『한국문학에 나타난 노인의식』, 백남문화사, 1996.
_____, 「소설에 나타난 노년남녀의 대비적 연대기」, 『한국노년문학연구 III』, 푸른사상, 2001.

15) 유남옥, 「풍자와 연민의 이중성─박완서 소설에 나타난 노인」, 『한국문학에 나타난 노인의식』, 백남문화사, 1996.

16) 조회경, 「노인의 삶을 통해 본 시간의 변주─김동리 소설을 중심으로」, 『한국노년문학연구 II』, 국학자료원, 1998.
_____, 「『사소한 그러나 잊을 수 없는 일』의 복원을 위하여─박완서론」, 『한국노년문학연구 III』, 푸른사상, 2001.
_____, 「슬픈 육체에 대한 기억─김원일의 「나는 누구인가」」, 『한국노년문학연구 IV』, 이회문화사, 2004.

17) 서순희, 「소설 속에 나타난 노인 화법─박완서의 소설을 중심으로」, 『한국노년문학연구 III』, 푸른사상, 2001.

이 서사골격을 이루고 있을 것, 노인만이 가질 수 있는 심리와 의식의 고유한 국면에 대한 천착이 있어야 할 것 등을 설정하였다. 그리고 서사화의 방법을 '외부로부터의 묘사'와 '내부로부터의 묘사' 등으로 세분화할 수 있다고 제시하였다. 그는 이선의 <이사>와 <뿌리 내리기>를 중심으로 현대사 전개과정의 희생자이자 산업화된 사회의 부적응자인 노인의 삶을 통하여 해체된 전통규범의 통합을 촉구하고 근대화의 부정성을 비판한다고 분석하였다. 그의 연구는 노년소설의 개념과 서사구조에 대한 정형을 마련한다는 점에서 의의를 갖는다.

서정자는 「하강과 상승, 그 복합성의 시학 – 최근 10년의 노년소설에 나타난 노인의식과 서사구조」에서 『현대문학』과 『문학사상』에 발표된 노년소설 54편을 대상으로 노인의식과 서사구조와의 관계 규명을 통해 노년소설의 현황과 경향을 점검하고 그 전망을 탐색하였다. 그는 노년에 대한 부정적인 인식을 하강서사로, 노년의 긍정적인 특성이 반영된 경우는 상승구조로 나누어 작품들을 정리하면서 결국 노년소설은 이 두 가지 성격을 복합적으로 형상화하는 시학이 되어야 한다고 전망하였다. 이 연구는 노인과 노년에 대한 개념과 유형의 특성 등을 정리하고 노년소설에 드러나는 복합적이고 다양한 노년의 목소리를 규명하여 바람직한 노년소설의 전망을 입론하고자 시도하고 있다는 점에서 의미가 있다. 이들 '문학을 생각하는 모임'의 연구자들을 중심으로 노년소설의 연구가 꾸준히 이어져왔으며, 이러한 측면에서 이들의 연구는 노년소설 연구 분야의 문학적 성과라 하겠다.

류종렬은 「한국 현대 노년소설사 연구」[18]에서 노년소설의 역사와 개념에 대해 논의하면서 노년소설사의 흐름을 고찰하였다. 노년소설의 명칭에 대한 연구사를 검토하고 이를 통해 '노년소설'의 명칭에 대한 보편적인 적합성을 밝혔다. 또한 노년소설이 생성된 시기를 규정하고, 그동안의 노년소설 연구사를 정리하여 그 변화의 흐름을 파악하였다. 그의 연구는 노년소설에 대한 구체적인 체계를 확립하고 그 흐름을 파악하였다는 점에서 문학사적 가치를 갖는다. 그러나 노년소설의 작가층을 노년기 작가로 제한한 부분에 대해서는 범주적 보완이 필요하다고 본다.

이상의 연구를 기반으로 하여 노년소설에 대한 연구를 노년소설 일반에 대한 연구와 특정작가를 중심으로 한 연구로 나누어 검토해 보겠다.

노년소설 일반에 대한 연구는 첫째, 주제를 중심으로 죽음과 실존의 문제를 다룬 연구, 둘째, 소외와 갈등의 양상이 가정에서 시작되어 사회적으로 확대되는 상황을 논의한 연구, 셋째, 작품 속에 대상화되어 나타나는 다양한 노인상 또는 노인의 이미지를 분석한 연구, 넷째, 노년소설에 나타난 질병이나 치매에 대한 연구, 다섯째, 기타 연구로 해외동포 노인에 대한 고찰과 노년의 몸에 대한 논의 등 다섯 가지 유형으로 나누어 볼 수 있다.

첫째, 주제 중심의 연구[19]로 김보민은 「한국 현대 노년소설 연구」

---

18) 류종렬, 「한국 현대 노년소설사 연구」, 『한국문학논총』 50, 한국문학회, 2008.
19) 강수길, 「죽음이 결정하는 삶의 형태:전상국의 소설 「고려장」을 중심으로」, 『국어교육』, 한국국어교육연구회, 1983.
　　최정애, 「오정희 소설의 죽음의식 양상 연구」, 경희대 석사학위 논문, 2008.
　　김보민, 「한국 현대 노년소설 연구」, 인제대학교 박사학위 논문, 2012.
　　＿＿＿, 「노년소설에 나타난 죽음인식과 대응」, 『인문학논총』, 경성대 인문과학

에서 이주홍, 김원일, 박완서, 김정한, 최일남의 노년소설을 중심으로 노년소설에 나타난 노년인물의 자아인식과 죽음, 가족인식과 가부장의 문제, 사회인식과 가치관의 문제를 밝히고 노년의 현실인식과 대응양상을 살펴보고 있다. 이주홍과 김원일의 작품을 바탕으로 자아인식과 죽음의 문제를, 박완서의 작품으로 가족인식과 가부장의 문제를, 김정한과 최일남의 작품으로 사회인식과 가치관의 문제를 분석하였다. 노년소설에 등장하는 노인들이 사회가 부담해야할 짐이 아니라 자발적이고 주체적인 삶을 살아가려는 존재로 형상화되었음을 밝히고 있다. 그는 노년소설이 개인, 가족, 사회라는 공동체 내에서 노년의 삶을 총체적으로 그리는 것이라 보았다. 이는 문학사적으로 주목할 만한 부분으로, 산업화 이후에 노인들이 직면한 여러 문제들을 짚어보고 노년에 대한 새로운 인식을 요구하였다는 점에서 의의를 갖는다. 그 외 강수길이나 김명순, 최명숙, 오태호, 양철수 등은 특정 작

---

연구소, 2013.

김명순, 「황순원 문학에 나타난 죽음의식 연구:후기 단편을 중심으로」, 경희대 석사학위 논문, 2014.

최명숙, 「최일남 노년소설에 나타난 죽음의식 연구」, 『현대소설연구』, 한국현대소설학회, 2014.

오태호, 「황순원의 노년문학에 나타난 "실존의식" 연구」, 『현대소설연구』, 한국현대소설학회, 2015.

양철수, 「최일남 소설에 나타난 노화와 죽음의 수용과 그 의미」, 『영주어문』, 영주어문학회, 2016.

박선애·김정석, 「문학 텍스트 속의 노년 죽음과 돌봄:조경란 소설을 중심으로」, 『한국노년학』, 한국노년학회, 2016.

서정현, 「노년소설에 나타난 죽음 인식 연구—김원일, 최일남, 박완서 작품을 중심으로」, 『인문사회 21』 9, 아시아문화학술원, 2018.

가의 작품을 중심으로 죽음에 대한 인식이나 삶에 대한 성찰, 존재에 대한 의식 등을 연구하였다.

둘째, 노인의 소외와 갈등 양상을 분석한 최명숙은 「한국 현대 노년소설 연구」20)에서 노년소설에 드러나는 갈등 구조를 역사적 체험이나 환경적 갈등, 세대 간의 정서적 차이에서 오는 외적 갈등과 내면의 자아와 상충되는 과거의 기억이 현재의 정체성을 흔드는 내적 갈등으로 나누어 분석하였다. 이를 통해 노인들이 문화와 문명의 변화에 적응하지 못하고 있으며, 이것은 세대 간의 갈등을 야기하는 원인이 되고 있다고 하였다. 그러나 노년소설의 개념이 노인의 의식과 노년의 삶을 이야기한다고 볼 때, 몇몇 작품들은 단지 노인이 등장만 하거나, 노인의 의식이나 삶의 모습이 잘 드러나지 않고 있어 노년소설의 범주에 포함시키기에는 다소 무리가 있다. 박현실21)은 1970년부터 2009년까지 3대 문학상(현대문학상, 이상문학상, 동인문학상) 수상 작품집에 실린 노년소설을 중심으로 노년소설의 갈등 양상과 해소방식, 갈등의 형상화의 분석을 통해 노인문제의 실태를 고찰하고 있다. 다만 3대 문학상 이외의 노년소설은 다루지 못하고 있는 한계가 드러난다. 토미야마 아즈미22)는 박완서, 최일남, 김원일의 1990년대 이후 중·단편 17편을 대상으로 작품에 나타난 소외의 양상과 극복방식을 살펴보고 이를 통해 현대 한국사회가 직면한 사회적 문제로서의 노인

---

20) 최명숙, 「한국 현대 노년소설 연구」, 경원대학교 박사학위 논문, 2005.
21) 박현실, 「한국 노년소설의 갈등 양상 연구」, 전남대 석사학위 논문, 2011.
22) 토미야마 이즈미, 「한국 현대 노년소설 연구-소외의 양상과 극복방식을 중심으로」, 경희대 석사학위 논문, 2015.

문제를 파악하고 있다. 그는 노년소설을 노년이라는 시간이 지금껏 믿어온 스스로의 정체성에 대해 의문을 던지며, 그 정체성을 유지하기 위해서 평생 동안 부성해 온 실체와 직면하게 되는 실존적 계기를 제공해주는 장르라 보았다.

셋째, 노인상과 노인이미지에 대한 연구[23]로 전홍남은 「노년소설의 가능성과 문학적 함의(II)」에서 노년기에 접어든 작가인 이청준, 홍상화, 오정희의 노년소설을 중심으로 노년의 빈곤과 재혼, 죽음 등의 문제를 살펴보았다. 그리고 그러한 문제들에 반응하는 다양한 '노인상'을 분석하고, '노인상'의 양상에 따라 드러나는 현실대응력을 고찰하고 있다. 「문순태 노년소설에 나타난 '노인상'과 소통의 방식」에서는 문순태의 작품을 중심으로 다문화 가정에서의 '노인상'과 노년의 작가가 작품에서 드러내는 이해와 포용을 통한 소통의 방식을 분석하였다. 그는 문순태의 노년소설이 격동의 현대사를 거쳐 온 인물들을 통해 다양하고 진솔한 '노인상'을 설정한다는 점에서 다른 노년소설과는 차별화된다고 평가하였다. 김미영은 「1930년대~1960년대 한국

---

23) 김성희, 「한국 노인상에 관한 비판적 담론 분석－1960년대 이후 한국 단편소설에 나타난 老人像을 중심으로」, 전북대 석사학위 논문, 2008.
이정숙, 「현대소설에 나타난 노인들 삶의 변화 양상」, 『현대소설연구』, 한국현대소설학회, 2009.
전홍남, 「노년소설의 가능성과 문학적 함의(II)－"노인상"과 현실대응력을 중심으로」, 『현대문학이론연구』, 현대문학이론학회, 2011.
권유미, 「한국 현대단편소설에 나타난 노인 이미지 연구－한국 3대 문학상 수상작을 중심으로」, 영남대 석사학위 논문, 2012.
전홍남, 「문순태 노년소설에 나타난 '노인상'과 소통의 방식」, 『국어문학』, 국어문학회, 2012.

소설에 나타난 '노인'에 관한 형상화 연구」24)에서 노년소설의 전사라 할 수 있는 이태준, 염상섭, 황순원의 근대 노년소설을 중심으로 '노인 형상소설'에 나타난 노인의 모습을 분석하고 있다. 그는 작가들의 탁월한 통찰력으로 노년의 삶을 성찰하는 과정과 작가들이 재현하는 '노인'의 형상을 추적하여 등장인물들이 현실에서는 감추어진 세계를 끊임없이 추구하고 인간적 화해를 시도한다고 밝혀주었다. 이 연구는 1930년대부터 1960년대까지의 노년소설들을 살펴봄으로써 근대 이후 노인에 대한 인식과 그 변화과정을 추적하기 위한 토대가 된다는 점에서 의의가 있다.

넷째, 노년소설에 새로운 시각으로 접근한 김은정25)은 노인의 질병과 치매의 상징성을 분석하여 작가가 드러내고자 하는 서사적 의미를 고찰하였다. 그는 여류작가들의 작품을 중심으로 질병 자체보다는 그 병후증상에 주목하는 상황이나 질병이 죽음을 준비할 수 있는 계기로 의미화되고 있음을 밝히고 있다. 이 연구는 노년소설에 대한 새로운 시각에서의 고찰이며, 동시에 노년소설의 연구가 심화·확장되는 계

---

24) 김미영, 「1930년대~1960년대 한국소설에 나타난 '노인'에 관한 형상화 연구:이 태준, 염상섭, 황순원의 소설을 중심으로」, 『구보학보』, 구보학회, 2015.
25) 김은정, 「모녀 서사를 통해 본 '치매'의 상징성 연구」, 『한국문학논총』 61, 한국 문학회, 2012.
_____, 「현대소설에 나타난 '치매'의 의미」, 『한민족어문학』, 한민족어문학회, 2013.
_____, 「박완서 노년소설에 나타나는 질병의 의미」, 『한국문학논총』, 한국문학회, 2015.
_____, 「질병의 의미를 통한 노년소설 연구―김원일의 『슬픈 시간의 기억』을 중심으로」, 『국제어문』 77, 국제어문학회, 2018.

기를 마련한다.

다섯째, 기타 연구로 최명숙은 「양원식 소설에 나타난 노년의식 연구」[26]에서 러시아 교포작가인 양원식의 노년소설들을 중심으로 실제 이민자의 시각에서 노년기의 일반적 특성인 세대 간의 소외와 단절, 강제 이주된 고려인의 사회 변화 속의 부적응, 전통문화에 대한 향수가 어떻게 드러나고 있는지 분석하였다. 그는 노년 주인공들이 모두 배우자가 없는 상태로 자신들이 처한 부정적인 현실에서 고통 받고 비참한 죽음을 맞는 모습을 추적한다. 한편으로는 전통문화를 지켜나가려는 노인들의 모습을 통해 긍정적인 노년을 포착하였다. 최명숙의 연구는 해외동포 작가의 노년소설에 대한 관심을 통해 노년소설의 범주를 확장하고, 그 특색을 밝히고 있다는 점에서 의의가 있다. 김소륜은 「노년 여성의 몸과 "환멸(幻滅/還滅)"의 서사」[27]에서 박범신, 박완서, 오정희, 천운영, 하성란의 노년소설을 중심으로 노년여성들의 육체에 드러난 '낯선 발견' 혹은 '낯선 몸'을 발견하는데 집중하였다. 여성의 노쇠한 몸은 부끄럽거나 숨겨져야 할 환멸(幻滅)의 대상이 아닌, 새로운 발견을 통해 깨달음을 제공하는 환멸(還滅)적 존재로 변모한다는 것이다. 그는 노년여성은 무성(無性)의 존재가 아닌, 그 자체로 숭고한 생명력을 지닌 초월적 '성'을 획득한다고 분석하였다. 이 연구는 은폐되었던 노년의 늙은 몸을 정면으로 마주한다는 점에서 의미

---

26) 최명숙, 「양원식 소설에 나타난 노년의식 연구」, 『국제한인문학연구』, 국제한인문학회, 2009.
27) 김소륜, 「노년 여성의 몸과 "환멸(幻滅/還滅)"의 서사」, 『현대소설연구』, 한국현대소설학회, 2015.

있는 작업이라 할 수 있다.

그 외 특정작가 중심의 연구로 박완서의 노년소설에 대한 다양한
시각의 연구28)와 이태준, 염상섭, 황순원의 근대 노년소설 연구29), 최

28) 유남옥, 「풍자와 연민의 이중성:박완서 소설에 나타난 노인」, 『어문논집』, 숙명
여대 국어국문학과, 1995.
김혜경, 「박완서 소설의 노년문제 연구」, 충남대 석사학위 논문, 2004.
전흥남, 「박완시 노년소설의 담론 특성과 문학적 함의:<저문 날의 삽화>를 중
심으로」, 『국어문학』, 국어문학회, 2007.
김미혜, 「박완서 소설 연구:2000년대 노년·여성·가족문제를 중심으로」, 조선대
석사학위 논문, 2008.
최명숙, 「박완서 소설에 나타난 노년의식 연구:양원식의 노년소설과 대비하여」,
『국제한인문학연구』, 국제한인문학회, 2008.
오준심·김승용, 「박완서 소설에 나타난 노인에 대한 가족부양 갈등 연구」, 『한국
노년학』, 한국노년학회, 2009.
최선희, 「박완서 소설에 나타난 노년의 삶:「너무도 쓸쓸한 당신」을 중심으로」,
『한국말글학』, 한국말글학회, 2009.
최진숙, 「박완서 단편소설에 나타난 노년의 삶 연구」, 목포대 석사학위 논문,
2009.
김소연, 「박완서 단편소설에 나타난 노년의식 고찰」, 고려대 석사학위 논문,
2010.
이수봉, 「박완서 노년소설 연구」, 고려대 석사학위 논문, 2010.
전흥남, 「박완서 노년소설의 시학과 문학적 함의 II」, 『국어문학』, 국어문학회,
2010.
정미숙·유제분, 「박완서 노년소설의 젠더시학」, 『한국문학논총』 54, 한국문학
회, 2010.
송명희, 「노년 담론의 소설적 형상화:박완서의 「마른 꽃」을 중심으로」, 『인문사
회과학연구』, 부경대 인문사회과학연구소, 2012.
김정희, 「박완서 단편소설 연구:노년소설을 중심으로」, 상지대 석사학위 논문,
2013.
박성혜, 「박완서 단편소설에 나타난 노년의 삶과 서사」, 『한국문화기술』, 단국
대 한국문화기술연구소, 2013.
김영아, 「박완서 노년소설 연구」, 충북대 석사학위 논문, 2014.

정희, 최일남, 이청준, 문순태, 김원일, 오정희 등 단일 작가의 작품이나 여러 작가들의 작품을 묶어서 비교 분석한 연구[30] 등이 있다. 박완

양보경, 「박완서 노년소설의 젠더 윤리 양상 연구」, 『아시아여성연구』, 숙명여대 아시아여성연구소, 2014.

최정선, 「박완서 노년소설 연구」, 동국대 석사학위 논문, 2014.

김윤경, 「박완서 소설에 나타난 노년기 정체성의 위기와 문학적 대응」, 『한국문학이론과 비평』, 한국문학이론과 비평학회, 2015.

박산향, 「박완서 소설의 치매 서사와 가족 갈등 고찰」, 『인문사회과학연구』 19, 부경대 인문사회과학연구소, 2018.

박태상, 「박완서 창작집에 등장한 노년문학 연구」, 『현대소설연구』, 한국현대소설학회, 2018.

29) 전흥남, 「노년소설의 초기적 양상과 그 가능성 모색:이태준의 노년소설을 중심으로」, 『현대문학이론연구』, 현대문학이론학회, 2008.

김미영, 「1930년대~1960년대 한국소설에 나타난 '노인'에 관한 형상화 연구:이태준, 염상섭, 황순원의 소설을 중심으로」, 『구보학보』, 구보학회, 2015.

30) 유남옥, 「최정희 노년기소설 연구」, 『어문논집』, 숙명여대 어문학연구소, 1997.

양진오, 「노인에 관한 명상:박완서, 최일남, 김원일의 소설을 읽으며」, 『오늘의 문예비평』 44, 오늘의 문예비평, 2002.

김주희, 「최일남 소설 "아주 느린 시간"의 노년 "엿보기" 고찰」, 『새국어교육』, 한국국어교육학회, 2004.

전흥남, 「노년소설의 초기적 양상과 그 가능성 모색:이태준의 노년소설을 중심으로」, 『현대문학이론연구』, 현대문학이론학회, 2008.

마혜정, 「노년의 욕망:발설과 은폐:김원일의 『슬픈 시간의 기억』을 중심으로」, 『현대문학이론연구』, 현대문학이론학회, 2012.

오혜진, 「'노인'되기와 성찰의 시간들:박완서, 최일남, 김원일 소설을 중심으로」, 『남서울대학교 논문집』 16, 남서울대학교, 2012.

정미숙, 「오정희 소설과 노년 표상의 시점시학」, 『인문사회과학연구』, 부경대 인문사회과학연구소, 2013.

김미영, 「한국 노년기 작가들의 노년소설 연구:최일남, 박완서, 이청준, 홍상화, 김원일의 작품을 중심으로」, 『어문논총』, 한국문학언어학회, 2015.

박중렬, 「노년소설의 담론 특성 연구 – 최일남의 『아주 느린 시간』을 중심으로」, 『현대문학이론연구』, 현대문학이론학회, 2015.

서의 노년소설에 대한 연구는 질적·양적으로 노년소설의 연구를 풍부하게 해주었다. 최정희, 최일남, 이청준, 문순태, 김원일, 오정희의 노년소설 연구는 모두 노년기 작가들이라는 공통점을 가지고 있으며, 그들이 갖는 작품적 특징과 풍부한 경험을 바탕으로 노인의 삶을 보여주고 있음을 고찰하였다. 이처럼 작가 중심의 연구는 대부분 노년기 작가들의 작품에 국한하여 연구하는 한계를 드러낸다.

이상의 연구를 정리하면, 그동안 노년소설의 연구는 다양한 각도에서 꾸준히 진행되어 왔음을 알 수 있다. 그러나 노년소설에 대한 접근이 특정 작가들의 작품에 국한되어 있거나 노인과의 갈등이나 노인 형상화, 죽음 등의 주제적 한계를 드러낸다. 또한 각 작품이 발표된 시대적 상황과 작품과의 상관성에 대한 이해가 미흡한 편이다. 즉 노년소설의 연구가 개별적이고 부분적인 조명에 머물러 있어 전체적인 노년소설의 흐름을 파악하기에는 어려움이 있다고 본다. 따라서 이 책에서는 현대 노년소설을 시대적 연관 속에서 파악하고, 노인문제에 대한 의식의 변화와 그것의 형상화 양상을 총체적으로 살펴보고자 한다.

---

김보민, 「노년소설에 나타난 노년의 성—김원일, 박완서, 한승원 작품을 중심으로」, 『인문사회지 21』 8, 아시아문화학술원, 2017.
이현용, 「최일남 소설에 나타난 노년인식 고찰—『아주 느린 시간』을 중심으로」, 『효학연구』 25, 한국효학회, 2017.
전홍남, 「문순태의 노년소설과 `생오지`의 생명력」, 『돈암어문학』 31, 돈암어문학회, 2017.
박산향, 「이주홍 노년소설에 나타난 노년의 정체성」, 『石堂論叢』 72, 동아대 석당학술원, 2018.
우은진, 「김원일의 『슬픈 시간의 기억』에 나타난 노년 서사의 서술되는 기억과 망각되는 시간」, 『어문논총』 78, 한국문학언어학회, 2018.

# 3. 연구 대상 및 연구 방법

노년소설은 노인의 의식과 노년의 삶을 담아낸 소설 유형이다. 노년소설은 "선진국형 고령사회로의 진입과 작가들의 연륜"[31]이라는 두 가지 조건을 바탕으로 본격적으로 생산되기 시작하였다. 고령사회로의 빠른 진입은 문학에서 노인과 노년에 대해 주목하는 계기가 되고, 사회적으로 노인에 대한 관심과 책임을 요구하게 되었다. 또한 노년의 작가들은 자신들의 노년을 성찰하고, 젊은 작가들은 그들이 인식하는 노인과 노년에 대해 이야기할 만큼 시기적으로도 성숙해졌다.

2013년 개정된 노인복지법 상의 '노인'은 65세 이상으로 규정되어 있다. 노인은 인간의 노화과정에서 나타나는 생리적, 심리적, 환경적 행동의 변화가 상호작용하는 복합형태의 과정 중에 있는 사람이다.[32] 즉, 노인은 65세 이상의 노화의 과정 중에 있는 사람이다.

'노년'이란 나이가 들어 늙은 때, 늙어서 노인이 된 시기를 말한다. 즉, 노년이나 노년기는 같은 의미로 65세 이상의 노인이 삶을 영위하

---

31) 김윤식, 「2001년도 중·단편 읽기」, 『2001 황순원문학상 수상작품집』, 문예중앙, 2001, 353쪽.
32) 국제노년학회는 노인을 다음의 다섯 가지 특성을 가진 사람이라고 설명하였다. ①환경변화에 적절히 적응할 수 있는 자체조직에서 결핍이 있는 삶을 사는 사람, ②자신을 통합하려는 능력이 감퇴현상이 일어나는 시기에 있는 사람, ③인체기관, 조직기능 등에 있어서 감퇴현상이 일어나는 시기에 있는 사람, ④생활 자체의 적응이 정신적으로 결손되어 가고 있는 사람, ⑤인체의 조직 및 기능저장의 소모로 적응이 감퇴되어가는 시기에 있는 사람이다. (Report on the 2nd International Conference of Gerontology, 1951:5 — 제2회 국제노년학회 ; 전도근, 『100세 쇼크』, 북포스, 2011, 16~18쪽 참조.)

는 시기이자 인생의 정리 단계를 의미하는 것으로, 성인의 발달단계인 "성년기, 중년기, 노년기"[33] 중 하나의 과정에 해당한다.

그동안 노년소설과 직·간접적으로 관련된 명칭과 개념, 범주가 다양하게 제시되어 왔다. 김병익[34]은 '노년소설'이라는 용어를 사용하면서 "젊었을 때의 날카로운 감수성이 점점 나이가 많아지면서 원숙해지고 말년에는 노인의 지혜로 깊어"진다고 기술하였다. 천이두[35]는 '노년의 문학' 혹은 '노대가의 문학'이라는 말을 함께 썼다. 이는 일자적으로 작품세계가 노인과 노년의 삶을 다룬다는 점을 전제로 하되, 작가 또한 "노년기의 작가에게서만 느낄 수 있는 특수한 분위기의 문학을 의미하는 것"으로 노년의 삶에 대한 통찰력을 강조했다. 김병익의 '노년소설'이 '노년의 문학'으로 용어만 바뀌었을 뿐, '노년의 문학'에서 다룬 '문학' 작품이 모두 소설이어서 그 개념은 거의 비슷하게 사용된다고 볼 수 있다. 그리고 이재선[36]은 "협의적으로 도시소설의 한 종속 장르로서, 삶의 적극적인 활동으로부터 은퇴하거나 물러나 있는 노인들의 세계를 다룬 소설"을 범주화하면서 그런 소설을 '노년학적(gerontic) 소설'이라 칭했다. 그는 "도시를 배경으로 주요 등장인물인 노인의 추

---

33) 레빈슨은 인생구조(Life Structure)의 변화에 따라 아동·청소년기(0~17세), 성년기(22~40세), 중년기(45~60세), 노년기(65세 이상)로 발달단계를 구분하고 각 시기마다 5년의 과도기를 두었다. (정옥분, 『성인·노인심리학』, 학지사, 2008, 63~64쪽.)

34) 김병익, 「노년소설·심화의 끝의 소설─노년과 중년기 작가의 변모와 기대」, 앞의 논문, 304쪽.

35) 천이두, 앞의 논문, 510쪽.

36) 이재선, 『현대한국소설사 1945-1990』, 민음사, 1991, 288~289쪽 참조.

방과 무력화, 고독감, 집 지키기로서의 위계적인 전략, 그들의 퍼스낼리티에 대한 위화 및 공간의 소외와 단절" 등을 노년소설의 주제로 꼽았다. 이재선은 '노년학적 소설'이라는 명칭을 썼지만, 그 개념은 '노년소설'(김병익)이나 '노년의 문학'(천이두)의 개념과 유사하다.

한편 김윤식[37]은 "이 나라 문학 판에 이미 노인층 작가군(65세 이상)이 대거 포진하고 있다는 사실"을 바탕으로 '노인성 문학'이란 용어를 사용한다. 그는 65세 이상의 작가가 쓰는 작품을 노인성 문학 (A)형, 65세 이하의 작가들이 노인성을 소재(주제)로 다루는 경우를 노인성 문학 (B)형이라 기준을 세우면서 해당 범주에 드는 작품의 작가층을 노년이 아닌 전 연령층으로 확대했다. 김미현[38]은 김윤식의 '노인성 문학'이란 용어를 그대로 사용하고는 있지만, "노인만이 노인에 대해서 이야기해야 한다는 법은 없다. 오히려 노인이 아닌 사람들이 노인에 대해 할 말이 더 많은 법"이라 피력한다. 그는 "존재론적 양상으로서의 노인성"에 주목하면서 김윤식이 연령별로 나눈 (A)형 작가와 (B)형 작가의 구분을 없앰으로써 '노인성 문학'이 "노인이 아닌 사람들을 위한 문학"으로 나아가는 새로운 시각을 확보했다.

'노년소설', '노년의 문학', '노년학적 소설', '노인성 문학' 등으로 사용되던 용어들이 이후에는 변정화와 류종렬, 최명숙에 의해서 '노년소설'로 정착하게 되었다. 그와 병행하여 노년소설의 개념과 범주가

---

37) 김윤식, 『90년대 한국소설의 표정』, 서울대학교 출판부, 1994, 353~356쪽 참조.
_____, 「한국문학 속의 노인성 문학─노인성 문학의 개념 정리를 위한 시론」,
『소설, 노년을 말하다』, 황금가지, 2004, 250쪽.
38) 김미현, 「웬 아임 올드」, 『소설, 노년을 말하다』, 황금가지, 2004, 282쪽.

보다 체계화되고 세부화 되기에 이르렀다.

먼저 변정화39)는 연구사에서 살펴본 바와 같이 노년소설의 개념과 세부요건을 명확히 하고 있으며, 노년소설의 서사공간이나 생산주체를 국한하지 않고 광범위하고 포괄적인 범위에서 접근할 것을 주장한다.

류종렬40)은 '노년소설'이 작품의 본질적 성격과 구조를 드러내는 명칭으로 무난하다고 주장한다. 그는 노년소설사 연구를 통해 "노년 소설은 시대적으로는 1970년대 산업화시대 이후의 현대사회에 본격적으로 생겨난 새로운 소설유형으로 노년의 작가가 생산한 소설"이라 피력한다. 그리고 "소설의 내용적 측면에서 이야기의 중심 영역이 주로 노년의 삶을 다루고 있고 서술의 측면에서 노인을 서술 자아나 초점화자로 설정하여 서사화된 소설"이라 규정하였다. 또한 가족해체와 이에 따른 세태의 비정함을 통해 노인의 소외된 삶을 다루는 부정적 측면의 노인문제 소설과 노년의 원숙성과 지혜를 보여주거나 존재의 탐구와 죽음에 대한 철학적 성찰을 다루는 긍정적 측면의 소설 두 가지로 분류하고 있다.

최명숙41)은 노년소설의 개념을 우선 노년의 인물이 주요인물로 나타나야 하며, 다음으로 노인의 삶이나 노인이 당면하고 있는 제반문제와 갈등이 서사의 골격을 이루고 있어야 한다고 보았다. 여기서 제반문제란 노인의 심리적·물리적 소외와 병고로 인한 고통, 그리고 '늙음'과

---

39) 변정화, 「시간, 체험, 그리고 노년의 삶-이선의 「이사」와 「뿌리내리기」를 대상으로」, 앞의 논문, 174~175쪽.
40) 류종렬, 앞의 논문, 530쪽.
41) 최명숙, 「한국 현대 노년소설 연구」, 앞의 논문, 13~14쪽.

'젊음'의 대비에서 오는 여러 가지 갈등을 포함하는 깃을 의미한다. 또한 노인만이 가질 수 있는 심리와 의식의 고유한 국면에 대한 천착이 있어야 한다는 것이다. 마지막으로 노인문제를 서사의 주제나 소재로 선택하되 해결방안이나 대안을 제시할 수 있어야 한다고 규정하였다.

이 책에서는 변정화와 류종렬, 최명숙의 연구를 바탕으로 하여 다음과 같이 노년소설의 개념을 정리해 보고자 한다.

첫째, 노년소설에 등장하는 노인은 정확한 나이로 구별되는 것은 아니지만, 노년기에 있는 인물로 자식들이 모두 출가하여 자신의 쓸쓸한 삶을 성찰하거나 주변 인물들이 노인이라 지칭하는 경우 노인으로 보았다.

둘째, 노년소설은 노인이 작품의 주인공이거나 주요인물로 등장하여야 한다. 노인이 자신의 의식이나 갈등을 중심으로 노년의 삶을 이야기하거나, 노인이 아닌 다른 사람이 노인의 삶이나 행동, 서로 간의 갈등 등 노인과 관련된 문제를 이야기한 경우도 노년소설로 분류한다. 즉, 자식이나 제 3자의 시각으로 이야기 되더라도 그 이야기가 노년의 삶과 문제를 다루고 있다면 노년소설의 범주에 포함시키고자 한다.

셋째, 노년소설의 작가를 볼 때, 굳이 노년기 작가가 쓴 작품이 아니더라도 노년의 의식과 삶이 주제로 형상화되었다면 작가의 연령은 제한하지 않고 노년소설로 분류하고자 한다. 실제로 1970년대 노년소설은 절반 이상이 젊은 층의 작가들이 창작하였음을 확인할 수 있으며, 지금도 젊은 층과 노년층의 작가들이 골고루 작품을 발표하고 있기 때문이다.

넷째, 노인과 그를 둘러싼 환경, 사회적 문제를 다루고 있는 경우도 노년소설로 분류한다. 노인이 겪는 갈등이나 문제 등이 사회적 문제로 드러나거나, 노인을 중심으로 사회제도의 실태를 이야기하고 이를 통해 노인의 현실과 사회제도의 문제점에 주목하였다면 노년소설의 범주에 포함한다. 노인문제는 우리사회가 안고 있는 여러 문제들 중 하나로 노년소설은 이의 반영이라 보기 때문이다.

이러한 요건들 중 한 가지만이라도 충족한다면 노년소설로 포함하여 분류하고자 한다. 노년소설은 노인의 의식과 노년의 삶을 그려낸 소설 유형으로 노인만이 겪게 되는 삶의 문제들과 그로 인해 야기되는 사회문제까지도 포괄하는 특징을 갖는다고 할 수 있다.

이 책은 기존의 연구42)를 바탕으로 하여 1970년부터 1999년까지 발표된 소설 중에서 위의 노년소설의 개념이 충족되는 작품 164편을 선별하였다. 시기적으로 1970년대 이후 발표된 작품을 대상으로 하였으며, 공간적 제한은 두지 않았다. 이는 초창기 노년소설이 주로 도시를 배경으로 하고 있었으나 점차 농촌 등으로 공간 확대가 이루어지고, 최근에는 해외동포의 작품까지 연구대상이 되고 있다는 점을 고려하였다. 노인과 노년에 대한 인식과 갈등을 중심으로 하여 시대별로 새로운 특징이 나타나고 문제제기가 이루어진 작품들을 연구 대상으로 삼았다. 노년소설에 나타난 노인과 노년에 대한 의식의 변화를 추적하는 것은 문학사회학적 탐색이면서 동시에 주제론적 접근이라 할 수 있다.

---

42) 최명숙, 「한국 현대 노년소설 연구」, 앞의 논문, 197~202쪽 참조.
  서정자, 「하강과 상승, 그 복합성의 시학―최근 10년의 노년소설에 나타난 노인 의식과 서사구조」, 앞의 논문, 259쪽 참조.

고령사회로 진입하면서 노인에 대한 관심이 커지고, 노인 역시 자신의 삶에 대한 책임과 지속적인 노력을 필요로 한다. 고령사회는 그동안 소외되어 있던 노인들이 사회의 주된 흐름에서 주체로 부각되고 기득권으로서의 역량이 확대되고 있음을 의미한다. 그러나 그동안의 학문적·정책적 접근은 '고령화 위기론'이 지배적이었으며, 사회적 수준에서의 인구 고령화와 개인적 수준에서의 노화를 단지 극복해야할 '문제'로만 인식하여 고령화나 노화가 갖는 복합적인 성격을 포괄적으로 조명하지 못한 측면도 있다.[43] 이러한 노인문제와 인간의 노화에 대한 부정적이고 비판적인 접근을 해결하기 위한 움직임으로 노년학[44]이 발전하게 되었으며, 그들의 모습을 형상화한 노년문학이라는 새로운 장르가 생겨났다.[45] 노년문학은 역사와 시대를 살아온 노인을

43) 최은영·김정석, 「최근 사회노년학의 연구동향-한국노년학회지 게재논문의 '노인'개념과 주제 분석」, 『사회과학연구』, 동국대 사회과학연구원, 2012, 167쪽 참조.

44) 1944년 미국노년학회가 발족되어 이를 계기로 노년학은 미국심리학회와 사회학회의 한 분과로 인정받게 되었으며, 1950년에는 국제노년학회가 창설되었다. 우리나라는 1968년 한국노인병학회와 전국노인단체연합회가 창설되고 1973년 한국노인문제연구소가 설립되었다. 1999년 서울에서 국제노년학대회가 개최된 것을 계기로 1990년대는 한국 노년학의 발전기, 2000년대는 한국 노년학의 성숙기가 되었다고 할 수 있다. 노년학은 인간 노화의 원인과 결과에 관하여 과학적으로 연구하며 노화의 신체적, 심리적, 사회적 측면을 모두 포함하는 광범위하고 다학제적인 학문으로, 노년사회학, 노인복지학, 노인보건학, 노인 간호학, 노인 심리학, 노인가족학, 노인체육학, 노인교육학 등의 분야로 분류된다. (윤현숙·김영범·허소영, 「한국 노년학 연구에 대한 비판적 고찰」, 『한국노년학』 26, 한국노년학회, 2006, 447쪽 ; 한정란, 「한국노년학 30년을 통해 본 노년교육 관련 연구」, 『한국노년학』 28, 한국노년학회, 2008, 831쪽 참조.)

45) 와이어트 브라운과 로쎈은 *Aging and Gender in Literature*에서 노년의 작가들을 중심으로 남성예술가들과 여성예술가들의 창작활동을 비교분석하면서 'Literary

중심으로 새로운 인식과 사상을 담아내는 문학유형으로, 일본이나 우리나라처럼 국가별로 노년문학이나 노년소설에 대한 연구와 논의가 점차 심화·확대되고 있다. 문학은 고령화와 노인에 대한 부정적인 전제, 문제의식에 대한 고민을 통해 노년의 긍정적인 삶과 바람직한 학문적, 정책적 접근을 유도해 나갈 것을 기대한다. 문학은 특정한 시대에 등장한 것이지만, 반드시 그 특정의 문맥에 고정되는 것이 아니라 전체적인 사회 문화적 맥락을 통해 그 의미를 구체화시킨다.46) 그것은 작품이 이미 주어진 것이 아니라 역사적 체계로서 시대적 의미를 포괄하여 새롭게 구성해야할 대상이라는 관점에서 중요한 의미를 갖기 때문이다. 이를 바탕으로 노년소설에서도 노년의 삶에 대한 문학적 가치와 주제의 다양화를 추구하고 세계적으로 문학의 한 장르로 확립되어갈 발판을 구축하게 될 것이라 본다.

골드만은 문학작품을 분석하는데 있어 발생론적 구조주의를 바탕으로 작품과 사회현실이 긴밀한 상관성을 갖고 있다고 하였다. 그는 "작품의 겉으로 드러난 내용이 아니라 작품이 갖고 있는 보이지 않는 구조나 특성에 주목하지만, 작가는 당대 사회의 중요한 습관이나 인습, 혹은 금기와 획일주의 등에 맞서면서 진정한 가치를 추구하

Gerontology'라는 용어를 사용하고 있다. Literary Gerontology에서 Gerontology 는 사회·경제·의학 분야 전반에 걸쳐 노인에 대한 연구에서 보편적으로 사용하는 용어이다. 즉 Literary Gerontology는 문학 안에서 노인이 늙어가는 것과 그에 따른 전반적인 삶을 연구하는 '문학의 노년학'이라 이해할 수 있다. (Anne M. Wyatt-Brown & Janice Rossen, *Aging and Gender in Literature*, The University Press of Virginia, 1993.)

46) 권영민, 『한국현대문학사 1』, 민음사, 2013, 14쪽.

는 문제적인 성격을 갖게 된다"[47])는 것이다.

작품의 등장인물은 당대 사회의 규율이나 시선으로부터 자유로울 수 없고, 노년소설에 등장하는 노인들 역시 사회와 가족 사이에서 자신의 존재가치를 찾기 위해 끊임없이 사건을 일으키고 주목받기를 시도한다. 문학사회학적 관점에서 노년소설의 흐름을 연구하는 것은 그동안 개별적으로 존재하던 텍스트를 하나의 역사적 관점에서 통시적으로 그 의미와 가치를 설명하고, 시대적 흐름에 따른 변화를 총체적으로 검증하는 방식이라 할 수 있다. 이는 시대의 흐름에 따라 구현되는 노년소설의 전개양상과 문학적 의미를 발견하고 재구성하는 과정인 동시에 문학사에서 새로운 장르로 인정받기 위한 작업이다.

이 책은 현대 노년소설의 흐름을 시대적으로 구분하여 살펴볼 것이다. 시대의 흐름에 따라 그 특징을 드러내는 작품들을 중심으로 노인과 노년의 형상화 양상을 파악하고, 그들에 대한 의식의 변화에 주목하여 노년소설이 갖는 문학적 위상을 입증해 보고자 한다.

문학을 10년 단위로 구분하는 것은 편의상의 구분일 수도 있지만, 우리나라 현대문학은 10년을 주기로 역사적·사회적 사건으로 인해 그 영향이나 변화가 비교적 뚜렷이 포착되어 나타난다고 할 수 있다. 김윤식 역시 "1970년대, 1980년대, 1990년대가 유신의 시대, 민중의 시대, 기호의 시대"[48])로 대응된다고 보았을 만큼 우리 문학사에서는 10년을 단위로 각각의 시대적 특색을 드러내기 때문이다. 노년소설의 흐름 역

---

47) 루시앙 골드만,『소설사회학을 위하여』, 조경숙 역, 청하, 1982, 11~34쪽 참조.
48) 김윤식,『90년대 한국소설의 표정』, 앞의 책, 225쪽.

시, 10년을 단위로 구분하여 시대적 특성을 살펴보고, 각 시대에 발표된 노년소설을 중심으로 노인의 형상화가 어떻게 이루어지는지 분석해보고자 한다. 그동안 노년소설의 주제나 작가를 중심으로 한 작품 연구는 많이 이루어졌지만, 시대의 흐름에 따른 노년소설의 연구는 없었다. 문학은 사회와 개인의 특수한 사정에 따라 그 형태와 방법이 다르게 나타나기는 하지만, 그럼에도 불구하고 일정하게 사람의 사회적 삶을 반영하는 사회의식의 한 형태라고 할 수 있다.[49] 이는 문학 작품이 그 시대의 사회현실과 일상적이고 보편적인 의식을 반영하기 때문이다.

이 책은 시대적 흐름에 따라 노년소설을 연구해보고자 한다. 1970년대 노년소설은 집 안에서의 노인에 대한 형상화를 바탕으로 '가족문제로서의 노년서사'를, 1980년대 노년소설은 집 밖, 즉 사회적 시각으로 형상화되는 노인에 대한 '노인문제에 대한 사회적 대응로서의 노년서사'를, 1990년대 노년소설은 노인이 주체적으로 자기인식을 통해 노인문제를 바라보는 '노인의 자기 정체성 탐구로서의 노년서사'를 중심으로 시대별 노인과 노년에 대한 의식의 흐름을 분석하여 그 특징을 살펴보고자 한다.[50]

II장에서는 1970년대 가족을 중심으로 노인의 형상화가 작품에서 어떻게 이루어지는지에 대해 연구해보고자 한다. 이 시기는 주로 가족 안에서 포착되는 노인의 모습과 그들의 삶이 주를 이루고 있으며,

---

49) 최유찬·오성호, 『문학과 사회』, 실천문학사, 1994, 24쪽.
50) 이 과정에서 전쟁을 주제로 한 노년소설은 논의 대상에서 제외하기로 한다. 전쟁 체험의 노년소설은 시대적 특징을 명확하게 드러내거나, 시대적 흐름에 따라 노인과 노년의 삶에 대한 의식의 변화를 보여주지는 못한다고 보기 때문이다.

노인의 삶이 사회적으로 가시화되어 드러나는 경우는 매우 미미하다. 1970년대의 시대적 특성으로 전통적 가부장제의 혼란을 들 수 있는데, 자식들은 부모에 대한 인식 과정에서 노인이 된 부모에 대한 공경의 잔존과 해체의 성향을 뚜렷하게 드러낸다고 할 수 있다. 특히 노인에 대한 아들과 며느리의 정반대적인 반응 양상을 살펴보고, 그들의 대응이 어떻게 나타나는지 추적하고자 한다.

III장에서는 1980년대 노인문제에 대한 사회적 대응 양상을 포착해 보고자 한다. 이 시기는 사회적으로 노인과 그들의 삶에 관심을 기울이기 시작하였다. 가족 내의 문제로 인식되던 노인문제가 사회로 확대되고 있으며, 노인들만의 공동체가 등장하여 그들 나름의 일상생활을 영위하는 다양한 모습을 살펴볼 수 있다. 사회적 시각에서 형상화되는 노인은 입체적이고 생동감 있는 모습을 보여준다. 그러니 노인이나 노년에 대한 사회적·국가적 관심이 확대되고 있는 상황에서도 여전히 사회는 일정한 거리를 두고 노인에 대해 관망하는 태도를 유지하였다.

IV장에서는 1990년대 노인이 스스로의 삶에 대해 주도적인 모습을 보이고, 그들 스스로 자신들의 노년을 인식하는 모습에 주목해 보겠다. 이 시기는 노년소설의 주제가 노인 개인의 문제에 집중하고 노년의 주체적 삶이나 죽음 등의 실존의 문제로까지 심화·확대되고 있다. 노인들이 그들의 안정된 일상생활을 요구하고, 자신의 존재에 대한 권리를 주장하기도 하면서 각성된 노인의 목소리가 명확하게 드러난다. 노인들은 이전 시대와는 확연히 다른 사상과 의식을 바탕으로 자신의 현실을 정확히 인지하고 그에 대해 능동적인 대응을 시도하고 있다. 이를 통해 노인과 노년에 대한 일반적인 의식의 변화와 성장이 어떻게 이루어지고 있는지 분석하고자 한다.

V장에서는 시대적 흐름에 따른 노인과 노년에 대한 인식의 변화를 정리하고, 노인과 노년에 대한 사회학적 접근들을 살펴볼 것이다. 고령사회는 우리 사회·문화의 새로운 변화와 흐름을 주도하고 있다. 노인과 관련된 문학이나 영화, 드라마, 연극들도 점차 다양하게 확대되는 추세이다. 문학은 단순히 노인과 노년의 형상화나 노인문제만을 부각시키는 것이 아니라, 노인이 그들의 한계를 극복하고 그들만의 삶과 문화를 구축해 나가는 모습에 주목한다. 노년소설이 우리의 감정에 호소하여 간접적으로 노인문제의 심각성을 느끼게 해주는 것이라면, 사회학적 접근은 이성적으로 현실의 노인문제를 설명하고 그 해결방안을 모색한다. 따라서 노인에 대한 문학적·사회학적 연구는 상호보완적 이해를 기반으로 하여 고령사회에 대한 적절하고 주도적인 대응을 기대할 수 있다. 이를 바탕으로 앞으로 노년소설의 가능성에 대해 전망해보고자 한다.

VI장에서는 앞에서의 논의를 바탕으로 1970년대부터 1990년대까지 노년소설의 문학적 흐름을 정리하고 전쟁을 배경으로 한 노년소설을 간략하게 살펴보겠다. 이를 통해 현대 문학사에서 노년소설이 차지하는 위상과 가치를 밝혀보고자 한다.

# II.

## 가족문제로서의
## 노년서사

# II. 가족문제로서의
# 노년서사


　1970년대는 문학에서 노인과 노년의 삶에 대해 구체적으로 형상화
하고, 우리 주변에 노인이 있음을 인식하기 시작한 시기이다. 이전에
도 노인과 그들의 삶을 다룬 작품들[51]이 발표되기는 하였지만, 대부
분 노년남성을 중심으로 노인의 의식이 드러나기 보다는 세태에 밀려
나고 뒤처지는 그들의 처지 위주로 형상화되는 경향을 보인다. 이는
전통적 유교사상의 붕괴와 근대화의 새로운 가치체계나 가족문화가
온전히 정착하지 못한 시대적 배경 때문일 것이다. 이와 달리 1970년

---

51) 근대 노년소설 중에 ①노인에 대한 공경이 남아 있던 작품으로 김동리의 <미수
　　(1946)>, <근친기(1949)>가 있으며, ②노인의 삶을 조망한 작품으로는 이태준의
　　<박물장사 늙은이(1934)>, <돌다리(1943)>, 김동리의 <석노인(1967)> 등이 있
　　다. ③노인의 부양문제를 다룬 김동리의 <아들 삼형제(1948)>와 ④노인의 소외와
　　시대적 좌절이 드러나는 작품으로 이태준의 <불우선생(1932)>, <복덕방(1937)>,
　　<영월영감(1939)>, 황순원의 <황노인(1942)>, <독 짓는 늙은이(1944)>, 한말숙
　　의 <노파와 고양이(1958)> 등이 있다.

대는 본격적으로 우리 곁에 노인이 있음을 상기하고 특히 노인과 가족과의 관계를 중심으로 노년소설이 발표된다는 점에서 시대적 특징을 찾을 수 있다. 노인과 자식은 서로 대립하기도 하고 자식이 일방적으로 노인을 부속물로 인식하기도 하는데, 이는 "전통적인 가치관과 현대적인 가치관의 공존"52)에서 기인하는 것으로 이러한 이중적 가치관의 혼란은 1970년대의 시대적 경향일 것이다.

1970년대를 분기점으로 1968년 한국노인병학회와 전국노인단체연합회가 창설되고 1973년 한국노인문제연구소가 설립되었다. 노인과 관련된 사회적 단체가 결성되기는 하였지만, 노인문제 해결이나 권익보호를 위해 구체적으로 활성화되기까지는 좀 더 시간이 필요했다. 특히 전국노인단체연합회의 경우는 초창기 노인의 권익운동보다 애국운동이나 지역사회 봉사활동에 치우치는 경향을 보이는데, 이러한 경향은 1980년대까지 지속되었다. 1970년대는 경제발전의 사회적 분위기에서 발전의 방해요소로 전락하는 노인들의 모습을 작품 속에서 확인할 수 있다. 이는 "자연스러운 하나의 과정으로 이해되던 노화가 20세기에 들어와 쇠퇴, 허약함, 퇴화 등으로 규정되면서 노년기가 사회적으로 제도화되고 차별주의가 강화"53)되어 나타나는 잘못된 고정관념의 문제인 것이다.

---

52) 우리나라의 가치관은 집단주의적 가치관에서 개인주의적 가치관으로, 권위주의적 가치관에서 평등주의적 가치관으로, 숙명적 자연관에서 정복 지향적 자연관으로, 인본주의적 가치관에서 물질주의적 가치관으로 변천하고 있으며, 한편으로는 두 대립하는 가치관 사이에서 혼동을 경험하고 있다. (신수진·최준식,『현대 한국사회의 이중가치체계』, 집문당, 2004, 87쪽.)

53) 정경희 외,『노인문화의 현황과 정책적 함의』, 한국보건사회연구원, 2006, 36쪽.

1970년대 발표된 노년소설은 대략 45편으로 이 작품들은 대부분 가족 내에서 노인과 노년의 모습을 포착하고 있으며, 노인들의 삶을 관망하거나 가정에서 노인들과 가족의 갈등이나 대립, 부양의 문제를 다루고 있다. 이 중 30여 편의 작품이 가정에서의 노인의 모습들을 보여주고 있다. 이는 노년소설의 태동기라는 시대적 특성 때문으로, 우리 주변 가장 가까운 가정에서의 노인의 모습에 주목하고 있으며, 노인들은 가정에서 그들의 지위를 상실한 채, 자식들에게 종속되어 살아가고 있다. 인물들은 자신이나 부모의 '노년', '늙음'을 감당하고 받아들이는 과정에 집중한 나머지 가족이나 그 외 사람들, 사회적 관계까지는 제대로 정립하지 못한 면이 있다. 한편 노년소설은 노인의 독자적인 자립성이 부족한 점이 부양의 의무로 이어져 자녀세대의 부담스러운 상황에 초점이 맞추어지기도 한다. 일제강점기나 한국 전쟁 등의 사회적 혼란이나 위기 상황에서 보호받아야할 대상으로 노약자를 꼽을 때, 문학에서 어린아이나 여성들에 대한 비참함을 그려낸 작품들은 많았지만, 노인이 주인공으로 작품 정면에 드러나는 경우는 많지 않았다고 할 수 있다. 비약적인 사회발전과 근·현대화로의 변화에 둔감한 노년층은 사회적 약자로 가장 소외되고 구박받는 부류로 전락했던 것이다. 1970년대는 이러한 노인문제를 내포한 노년소설들이 발표되기 시작하였다는 점에서 의의가 있다.

　이 장에서는 1970년대 노년소설 중 가정 안에서의 노인의 모습을 살펴보고자 한다. 노인에 대한 공경심이 남아있는 아들의 인식과 노인을 멸시하고 학대하는 며느리의 입장 차이로 인해 노년소설에서 노인의 형상화가 서로 다르게 나타나는 것을 확인할 수 있다. 그러한 자식들의 인식을 통해 가정 안에서 노인에 대한 대응이 어떤 양상으로 나타나는지를 분석해 보겠다. 이를 통해 노년소설에 드러나는 1970년대 노인과 노년의 현실을 밝혀보고자 한다.

## 1. 노인에 대한 가족구성원의 인식

### 1) 전통적 가부장제의 잔존

노인과 가족의 관계는 노인의 삶의 질을 좌우하는 중요한 문제들 중 하나라고 할 수 있다. 이것은 가장 가까워야할 가족들과의 관계가 서로 대립하고 갈등하거나 무시하고 학대받는 관계라면 그 속에서 노인의 삶은 외롭고 불행할 것이기 때문이다. 1970년대는 전통적 가부장제 가치관과 현대 개인주의 가치관의 혼란으로 개인적·사회적으로 많은 문제가 야기되고, 이러한 이중적 가치관의 혼란은 보편적인 가치기준을 모호하게 하는 원인이 되기도 하였다. 노년소설에서는 이러한 가치관의 혼란이 노인문제 중 주로 가족과 노인의 갈등이나 노인에 대한 학대로 표출된다. 자식들은 부모를 공경해야 한다는 전통적 가부장제에 반기를 드러내고, 아버지는 가족 안에서 여전히 중심이고자 하는 의식의 충돌을 통해서 이중적 가치관의 대립을 확인하게 된다. 이 시기 노년소설에는 노인과 가족들, 특히 자식들과의 팽팽한 대립이나 오랜 원망으로 불편한 관계를 지속하는 경우가 많이 나타난다. 노년소설은 가부장적인 노인의 권위와 위상이 추락하는 현실과 노인과 자식들의 대립을 포착하고 있는 것이다. 부모와 자식의 대립 관계는 노인의 죽음에 이르러 화해하거나 관계개선이 되지 못하고 봉합되기도 한다.

노인은 가족과의 관계에서 주체가 되지 못하고 가족들에게 관찰의 대상에 머물러 있다. 특히 자식들은 권위적 시각에서 노인을 인식하고, 그 인식의 차이에 따라 노인소외의 양상 역시 다르게 나타나는 것이다. 아들과 며느리가 노인을 인식하는 것은 동일선상에서 이해가 가능하다. 다만 그들이 아들과 며느리라는 입장차이로 인해 노인에 대한 공경과 멸시의 태도가 확연히 다르게 나타난다.

아버지에 대한 공경은 때로 아버지에 대해 적대감을 품는 것으로 변질되어 나타나기도 한다. 오탁번의 <아버지와 치악산>은 정년을 석 달 앞둔 분교장을 하는 아버지와 산림계장인 아들의 꼿꼿한 대립이 아버지의 죽음으로 끝내 화해되지 못하고 끝나는 이야기다. 산림계장인 아들 '나'는 평생을 완전무결한 "절대자"로 흐트러짐 없는 아버지의 무게에 짓눌려 "패자"라는 자괴감으로 살아온 사람이다.

> 나는 벌써부터 아버지에게 압도당하고 있는 것이다. 나는 주먹을 꽉 쥐고 아버지와 대결했다. 그러나 아버지는 높고도 높은 곳에서 나를 내려다 보았고 나는 자꾸 움츠러들다가 마치 날개 뜯긴 날벌레처럼 몸을 바르르 떨었다. 나는 몸을 떨다가 기진했다.[54]

'나'는 아버지를 생각하는 것만으로도 기진할 정도로 평생을 아버지에게 압도당하고 그의 그늘에서 벗어나지 못하는 부담감으로 괴로워한다. 그만큼 '나'에게 아버지는 산과 같이 높은 존재로, 언제나 주먹을 쥐고 대결해야 하는 사람으로 인식된다. '나'는 아버지를 정복하고 싶은 것이 아니라, 단 한번만이라도 그런 아버지의 우위에서 그를 도와주고 끌어주고 싶을 뿐이다. 그러나 아버지는 '나'에게 한 번도 빈틈을 보이거나 공경할 기회를 준적이 없었다. 아버지는 다리가 골절되는 사고를 당하고서도 '나'에게 여전히 흐트러짐 없는 강직한 모습을 보여주었다. 이를 통해 '나'는 다시 한 번 부자간의 거리감을 확인하게 되는 것이다. '나'는 아버지의 최초의 열등과 패배 즉 아들인 자신에게 의지하고 애원하는 늙고 힘없는 모습을 기대했지만, 아버지가 진통제도 맞지 않고 버티는 모습에 도리어 화가 났다. '나'는 평생 계속된 아버지와의 마지막 대결에서조차 자식에게 흐트러진 모습을 보이지 않는 완고한 아버지에게 다시 한 번 심한 단절감을 확인하며 팽팽하게 대립한다.

'나'가 인식하는 아버지는 "위엄과 신비로 자신을 위장하는 밀교의 교주" 같은 사람이다. 그렇기 때문에 아버지는 다리 골절상을 당한 상황에서도 아들인 '나'에게 아픈 내색조차 하지 않으며, 자식인 '나'가 굳이 필요하지 않다는 듯한 태도를 보인다. '나'는 자신의 시선에서 닿을 수 없는 높은 산과 같은 아버지에게 숨이 막히고 상대적으로 자신이 너무 왜소하게 느껴졌다. 아버지에 대한 '나'의 공경심은 이미 오래

---

54) 오탁번, <아버지와 치악산>, 『純銀의 아침』, 나남, 1992, 128쪽.

전부터 그에 대한 적대감으로 변해버린 것이다. '나'가 아버지에게 느끼는 적대감은 쉽게 해소될 수 없는 마음의 상처로, 이미 한 집안의 가장이 된 자신이 아버지에게 인정받지 못하고 있다는 낭패감에서 비롯되었다.

> 나는 울지 않았다. 완전한 생애를 마치려고 면밀한 준비를 하고 있던 아버지, 정년이 되어 늙고 나약해지는 노년을 거부한 아버지, 오재수 분교장의 완전무결한 힘에 눌려 몸을 가눌 수도 없는 꼴이 되어, 그의 유해를 안고 나는 금지를 떠났다. 그날 오후 나는 혼자 치악산으로 가서 아버지의 유해를 뿌렸다. 나는 울지 않았다. 이제 치악산에는 다시 오지 않게 될 것 같은 예감이 들었다. 아버지의 유해 대신에 이러한 예감을 안고 큰산을 내려오면서 나는 소리내어 울기 시작했다.[55]

아버지에 대한 적대감으로 가득 차 있던 '나'는 아버지의 갑작스러운 죽음이 마치 계획된 일이라 여기기까지 한다. 아버지는 정년을 석달 앞두고 갑작스런 학교화재로 불에 타 돌아가시고 말았다. '나'는 아버지의 죽음이 늙고 나약해지는 노년을 거부하기 위한 선택이라 생각한다. 그러나 '나'는 "사람은 누구나 다 혼자다. 아버지도 나도 다 혼자다. 누가 누구를 어떻게 위로하고 부축할 수 있단 말인가."라는 생각에 이르러 주체할 수 없는 눈물을 흘리며 삶과 죽음의 의미를 되새긴다. '나'와 아버지 사이의 팽팽하게 이어지던 부자간의 대립은 언제나

---

55) 위의 책, 140쪽.

"완전무결하신 분"이었던 아버지의 죽음으로 허무하게 끝나고 만다. 그러나 '나'는 아버지가 돌아가신 뒤에야 큰 산과 같던 아버지도 몹시 외롭고 나약한 존재였음을 깨닫는다. '나'는 애초에 아버지와 자신 사이에서 누구도 서로를 위로하고 부축할 수 없음을 확인하고, 그저 아버지를 존재 자체로 받아들이지 못했음을 자책하는 것이다.

조용만의 <아버지의 재혼>은 아들의 입장에서 아버지의 재혼을 둘러싼 갈등과 재혼 후 점점 수동적이고 소극적으로 변해가며 권위를 잃어가는 아버지를 바라보는 아들의 안타까움이 절절하게 그려진다. 아들 '나'는 어머니가 돌아가신 뒤, 홀로 남은 아버지의 거취문제를 고심하다 재혼을 시키기로 결정하였다. 아버지는 아들네 가족과 같이 사는 것도 탐탁지 않았고, 혼자서 살기도 여의치 않아 마지못해 재혼을 수락한다. '나'는 아버지의 재혼 후, 점점 변해가는 아버지의 모습에 당황하지만 적극적인 개입은 하지 못한다.

> 아버지는 뒤에 따라 들어와서, 아무말 없이 멍하니 서있었다. 그 전 모습만 남아있지 눈에 정기도 없고, 얼굴 전체에 얼이 빠진 것 같이 보였다.[56]

> 이때에 아버지가 큰 보퉁이에다가 잔뜩 아카시아잎을 따가지고 들어왔다. 누른 빛 엷은 잠바를 입고, 협수룩한 것이 농군같았다. 앞서 왔을 때보다 두 볼이 더 여위고, 목뒤가 성큼한 것이 갑자기 더 늙은 느낌이었다.[57]

---

56) 조용만, <아버지의 再婚>, 『현대문학』, 1977. 6, 75~76쪽.

안방에는 아버지가 오른쪽다리를 무릎에서부터 발까지 붕대로 칭칭 감고서 누워있었다. 두볼이 여위고, 눈은 움푹 들어가고, 수염은 창대같이 뻗쳐서 몰라볼 정도로 수척해있었다. 아버지는 아무 표정도 없는 얼굴로 물끄러미 나를 바라볼 뿐이었다.[58]

아버지는 재혼 이후, 가장으로서의 권위를 상실하고 모든 일에 체념해 버린 듯한 모습이다. '나'가 느끼는 아버지는 겉모습만 그대로 남아있을 뿐, 눈에 정기도 없이 여위고 얼이 빠진 것 같았다. 더구나 아버지가 농군 같은 모습으로 커다란 보퉁이에 아카시아 잎을 따가지고 오는 일은 어머니와 살 때는 절대로 있을 수 없는 일이었던 것이다. 노인에게는 가족이나 오랜 친구들의 일상적 존재 자체가 자아 정체감을 유지하고 보증하는데 공헌한다.[59] 특히 배우자의 경우 자신의 자아상을 비추어줄 수 있는 유일한 존재라는 측면에서 중요한 대상이라 할 수 있다. 그런 배우자와의 사별은 상당한 충격과 상실감으로 우울증과 스트레스를 유발하는 주요 원인이라 할 수 있을 만큼 큰 사건이다. 특히 노년남성의 경우는 사회적 지지자이자 동반자인 아내를 잃고 혼자 살아가야 하는 일이 상당한 스트레스로 나타나며, 삶의 질에 심각한 영향을 미친다고 할 수 있다. 일반적으로 배우자가 있는 노인은 높은 정서적 지지를 보이며, 낮은 우울 증상을 보인다. 반면, 배우자를 상실한 노인은 우울증 증상이 높게 나타난다.[60] 아버지 역시 어머니

---

57) 위의 책, 78쪽.
58) 위의 책, 80쪽.
59) 정진웅, 『노년의 문화인류학』, 한울, 2012, 146~147쪽 참조.

와 사별하고 정신적 충격과 혼란을 겪었음에 틀림없다. 배우자 사별에 대한 우울감이나 스트레스는 시간이 흘러감에 따라 그 정도가 낮아지는 경향을 보이기도 한다. 그러나 아버지는 시간적 여유도 없이 낯선 상대와 부부가 되어야만 하는 상황에 놓인다. 아버지는 자신을 비추어주고 정체감을 보증해주는 배우자인 아내를 잃은 상태에서 전혀 준비도 없이 낯설고 새로운 관계를 맺어야만 했던 것이다. 아버지는 남편이 아닌 부양받아야할 대상으로 전락했으며, 이러한 가장으로서의 권위를 상실한 상태는 그를 정신적, 경제적으로 상당히 위축시키는 원인이 되었을 것이라 짐작된다. 아버지는 이러한 자신의 상황이 상당히 불안하고 두려웠을 것이다. 이는 '나'와 주변의 가족들은 누구도 아버지의 입장을 배려하거나 인식하지 못한 상태에서 재혼을 서두른 결과이다.

'나'는 뒤늦게 아버지가 느낀 혼란과 고통을 감지하고 죄책감이 들었지만, 적극적으로 나서지 못하고 관망하고 회피하는 태도를 취할 뿐이다. '나'의 아버지에 대한 공경은 그에 대한 측은지심으로 변모되어 나타난다고 할 수 있다. '나'는 스스로도 어떻게 할 수 없는 아버지의 안타까운 처지를 그저 후회와 죄책감으로 지켜볼 뿐이다. 설상가상으로 '나'는 아버지의 낙상사고와 계모의 푸념을 목도하고 나서야 아버지의 불행한 현실을 직시하고 울분을 삼킨다. 이 작품은 홀로 남

---

60) 사별자 중 약 50%가 배우자 사별 후 1년 동안, 우울증의 주요 진단에 속하는 여러 증상들을 호소한다고 하였다. (김승연·고선규·권정혜, 「노인 집단에서 배우자의 사별 스트레스와 우울의 관계—사회적 지지와 대처행동의 조절효과」, 『한국심리학회지』 26, 한국심리학회, 2007, 574쪽.)

겨진 아버지의 부양과 아들의 자식으로서의 책임에 대한 문제에 주목한다. 소설은 배우자와 사별한 아버지의 심리상태에 무심한 가족들의 미숙한 대처와 자식으로서의 도리에 대한 압박감이 맞물려 아버지의 불행한 노년을 초래하는 안타까운 상황을 보여주었다.

이청준의 <눈길>은 그가 고백하였듯, 그의 실제 삶이 바탕이 된 작품61)으로 남편 없이 홀로 자식들을 키우는 가난한 어머니와 상처받은 아들의 삶을 그리고 있다. 주인공 '나'는 자신의 어머니를 '노인'이라 부른다. 이는 호칭을 통한 자신과 어머니와의 명확한 거리두기인 것이다. '나'는 낳아 기르는 사람의 몫을 다해주지 못했다는 원망 때문인지 반복적으로 노인을 찾아 그 원망과 노여움을 확인하고 되새긴다. '나'는 어려서부터 외지로 떠돌며 지독한 가난과 싸워야 했고, 어머니 역시 고향 집을 잃고 떠돌이 생활로 겨우 연명했기 때문에 자식인 '나'를 돌볼 수 없었다. '나'는 가족에 대한 그리움과 사랑받지 못했다는 상처를 어머니에 대한 거부와 불쾌감으로 표현한다. '나'의 어머니에 대한 공경은 어머니에 대한 애증으로 변질되어 나타난다.

1970년대 산업화시대는 물질적 풍요와 발전으로 도시는 화려했지만, 하층민과 농촌의 가난한 사람들에게는 한국전쟁 때와 같이 여전히 비참하고 궁핍했던 시대였다. 사람들은 어느 한 곳에 정착하지 못하고 떠도는 '유민화된 민중'이 되었고, 산업화 과정에서 공동체 의식을 상실한 심리적 황폐함을 겪어야 했다.62) 이 시기는 가족들끼리도

---

61) 이청준, 『눈길』, 열림원, 2008, 40~44쪽 참조.
62) 나병철, 「1970년대의 유민화 된 민중과 디세미네이션의 미학」, 『청람어문 교육』 56, 청람어문교육학회, 2015, 395쪽 참조.

서로를 돌보거나 소통하지 못하고 오히려 서로를 배제하는 듯한 위기의 시대였던 것이다. 산업화 시대는 가난한 사람들에게는 더욱 가혹했으며, 가족과의 소통조차 허락하지 않을 만큼 폭력적이었디. 가난한 '나'와 어머니의 박복한 삶은 이러한 산업화 시대의 피폐한 상황에서 기인하였다고 이해할 수 있다. 이 작품은 경제발전의 이면에 가려진 극단적인 가난과 싸우며 절망적인 시대를 견뎌온 사람들의 모습이 적나라하게 반영되어 나타난다. '나'와 어머니의 상황 역시 비참하고 궁핍한 시대적 영향을 받고 있으며, 그러한 현실에 대한 불만이 '나'에게 어머니에 대한 원망으로 쌓였음을 짐작할 수 있다.

> 갈 데가 없어서가 아니라 아침 햇살이 활짝 퍼져 들어 있는디, 눈에 덮인 우리 지붕까지도 햇살 때문에 볼 수가 없더구나. 더구나 동네에선 아침 짓는 연기가 한참인디 그렇게 시린 눈을 해갖고는 그 햇살이 부끄러워 차마 어떻게 동네 골목을 들어설 수가 있다냐. 그놈의 말간 햇살이 부끄러워져서 그럴 엄두가 안 생겨나더구나. 시린 눈이라도 좀 가라앉히자고 그래 그러고 있었더니라…….[63]

> 나는 아직도 눈을 뜰 수가 없었다. 불빛 아래 눈을 뜨고 일어날 수가 없었다. 사지가 마비된 듯 가라앉아 있는 때문만이 아니었다. 졸음기가 아직 아쉬워서도 아니었다. 눈꺼풀 밑으로 뜨겁게 차오르는 것을 아내와 노인 앞에 보일 수가 없었다. 그것이 너무도 부끄러웠기 때문이다.[64]

---

63) 이청준, 앞의 책, 39쪽.
64) 위의 책, 38~39쪽.

'나'는 노인의 눈길에 대한 회상을 통해 그동안 갖고 있던 노인에 대한 원망과 애써 외면해왔던 깊은 사랑을 깨닫고 받아들이며, 노인과 자신을 동시에 이해하고 용서하게 된다. 즉 '나'의 어머니에 대한 애증이 해소되는 순간이다. '나'는 어려서부터 억척스럽게 살아왔지만, 여전히 정착하지 못하고 오롯이 자신의 삶을 감당해야 하는 힘겨운 현실에 대한 원인을 어머니에게서 찾았었다. '나'는 불만과 비뚤어진 원망으로 그동안 어머니와 소통하지 못하고 이해하려는 마음조차 없으며, 노인과의 관계를 부정적으로 생각하고 끊임없이 불편해했다. 그러나 '나'에게 노인은 세상 누구보다도 깊은 사랑을 보내주는 어머니이자 고향이며, 정신의 근원이었다. 어머니에 대한 원망과 외면해왔던 깊은 사랑을 깨닫고 받아들이는 과정에서 '나'는 어머니와 자신을 동시에 이해하고 진심으로 용서하는 모습을 보여준다. 바로 이 순간 노인이 단단하고 견고하게 자신의 삶을 지켜온 '나'의 어머니로 회복되는 것이다. 이 작품은 1970년대 산업화 시대의 어두운 이면을 한 가족의 고단하고 억척스러운 삶을 통해 조명한다. 또한 노년소설의 관점에서 노인이 어머니에서 노인으로, 다시 노인에서 어머니로 회복되는 과정을 통해 주인공 '나'가 진심으로 어머니의 삶을 이해하고 받아들이고 어머니의 깊은 사랑을 깨닫는 모습을 보여준 작품이다.

부모에 대한 무조건적인 공경을 요구하던 전통적 가부장제 가치관은 1970년대 현대 개인주의 가치관과 충돌하고 있으며, 이러한 충돌 상황은 노년소설에서 다양한 양상으로 드러나고 있다. 오탁번의 <아

버지와 치악산>에서는 아들의 아버지에 대한 적대감으로 표출되고 있으며, 조용만의 <아버지의 재혼>은 아버지에 대한 측은지심으로 변모되어 드러난다. 이청준의 <눈길>은 어머니에 대한 애증으로 변질되어 나타나지만, 결국 어머니에 대한 아들의 원망이 해소되고, 아들과 어머니가 화해하는 과정을 보여준다. 인물들은 노인들에 대한 전통적 가부장제 가치관의 잔재로 자신들에게 강제된 무조건적인 공경에 대한 거부감을 적대감이나 측은지심, 애증 등의 양상으로 변모시켜 표현한다고 할 수 있다. 이 작품들의 아들들이 자신의 부모에 대해 느끼는 적대감이나 측은지심, 애증의 감정은 아직까지 가정에서 노인의 자리가 어느 정도 확보되어 있음을 보여준다. 그들은 서로 좋은 관계를 유지하지 못하면서도 아버지나 어머니의 존재나 무게를 인식하고 인정하고 있는 것이다.

1970년대 급격한 생활패턴의 변화와 전통적 가부장제 가치관의 혼란은 세대 간의 대립과 갈등을 초래하게 되었다. 성인들이 노인을 대하는 태도에는 공경과 멸시라는 이중적인 특성이 나타난다. 그들은 어느 정도까지 공식적인 윤리에 순응하여 노인들에 대한 공경을 강요받았지만, 노인들을 열등한 존재로 취급하고, 또 노인들에게 자신이 쇠약하다는 사실을 납득시키는 것이 성인들에게는 유리했다.[65] 자식들은 아버지의 정신적, 육체적 결핍과 노화를 끈기 있게 기다리며 공경과 멸시의 이중적 태도를 유지하는 듯하다. 이 시기 성인인 자식들은 노인에 대한 공경과 경제력을 상실한 무기력한 존재라는 인식 사

---

65) 시몬 드 보부아르, 『노년』, 홍상희·박혜영 역, 책세상, 2002, 306쪽 참조.

이에서 갈등하고 있으며, 이러한 그들의 갈등은 노인을 대하는 태도에서 그대로 드러난다. 이를 통해 1970년대는 가정에서 노인들이 그들의 권위를 위협받는 시기였다고 이해할 수 있다.

## 2) 가족의 해체와 노인에 대한 인식 변화

1970년대는 경제정책이 가져온 부의 불균형과 가족구조의 변화로 인한 문제들이 급속한 경제성장의 이면에 가려져 있던 시기였다. 핵가족 구조에서 남성들은 오직 사회적 성공과 출세를 위해 일만 하는 사람으로 인식되었고, 아내들에게는 바깥에서 일하는 남편을 위한 절대적인 내조가 요구되었다. 이 시기에는 경제성장의 가속화와 핵가족화로 인한 전통적인 가족제도가 붕괴되고 가족관계가 단절되는 심각한 문제가 발생하였다.

1970년대는 "물질적 풍요로 안정된 안주인으로의 자리를 잡아가던 젊은 주부에게 현재를 희생하도록 강요하"[66]면서 주부들의 불만은 고조되었다고 할 수 있다. 노년소설에서는 비합리적이고 봉건적인 가부장적 악습과 현대화의 과도기적인 시기에 며느리들에게만 일방적으로 효와 희생을 강요하는 모순을 보여준다. 남편이 출근하고 아이들이 학교에 간 후 집에 남게 되는 것은 아내와 노부모뿐이다. 가장이

---

66) 최용성, 「박완서 소설에 나타난 1970년대의 가족·모성윤리에 관한 연구」, 『윤리교육연구』 16, 한국윤리교육학회, 2008, 128쪽 참조.

없는 동안 며느리에게만 요구되는 부양의 의무, 더구나 치매에 걸린 노인에 대한 부양의 의무는 결국 은근한 학대와 멸시로 분출되어 나타난다.

노인에 대한 가부장적 공경이 해체되기 시작하고, 그것이 학대와 멸시로 이어지는 상황은 노인에 대한 가부장제의 잔존과 같은 선상에서 이해할 수 있다. 아들에게는 노인인 부모에 대한 공경이 남아있었던 반면, 며느리에게 강요되는 노인에 대한 부양의 부담은 전통적 가부장제의 해체로 이어진다. 늙은 부모에 대한 아들과 며느리의 입장은 서로 정반대로 극과 극의 상황인 것이다. 이 시기 아들들은 가정에 머무는 시간보다 일을 하는 시간이 훨씬 많았으므로, 노인을 돌보고 살필 시간적 여유가 없었다. 그러므로 그들에게 남아있는 부모에 대한 공경심은 아무 소용이 없는 것이다. 상대적으로 노인들과 거의 하루 종일 시간을 보내는 며느리들은 점차 자신들에게만 강요되는 부양의 문제에 거부감을 드러내고, 집 안에서 자신들의 지위를 확보하려는 움직임을 보이기 시작한다. 며느리들은 노인을 멸시하고 학대하며 그들에게 부여된 노인부양의 의무에 적극적으로 불만을 표출한다.

박완서의 <포말의 집>이나 <집 보기는 그렇게 끝났다>의 노인들은 모두 치매에 걸린 시어머니로 가족들에게 외면 받고, 심각할 정도로 가정 내에서 그들의 지위를 위협받고 있다. 치매에 걸린 시어머니들은 그저 천덕꾸러기로, 며느리인 '나'에게 구박받는 불쌍한 존재로 전락한다. <포말의 집>의 '나'는 남편과 남남처럼 살아온 지 오래되었다. 남편은 오직 물질적 성취만을 추구하는 사람으로 아내인

'나'나 집 안 일에는 무관심으로 일관한다. '나'는 남편과의 단절에서 오는 소외감과 허무함으로 지쳐 있으며, 남편의 무관심 속에서 시어머니와 아들을 돌보아야 하는 일에 무료함을 느낀다. '나'가 정신적으로 불안하고 지쳐있다는 사실은 일상생활에서 문득 아파트 계단이 무너져 내리는 듯한 느낌을 받는다거나 승용차의 헤드라이트가 자신에게 달려드는 것 같은 공포감을 느끼는 것에서 확인할 수 있다. 이것은 '나'가 "매일 반복하는 일임에도 인물의 예민한 감수성으로 인해 행위 주체의 심상치 않은 내적 상황"[67]임을 드러내는 것이며, 그녀의 불안정한 무의식의 표출이라 하겠다. '나'의 심리적 불안과 삶의 불만은 시어머니를 학대하는 것으로 이어지고 있다. 며느리인 '나'는 시어머니가 "불쌍한 외톨이"라는 것을 알면서도 그녀가 자신과 손자에게 정을 붙이려는 것을 받아주지 않는다. '나'는 무관심이 무엇보다도 "잔혹한 대접"이란 것을 알면서도 시어머니에게 데면데면 했으며, 치매가 심해지는 시어머니를 무시하고, 일정한 거리를 두고 지켜볼 뿐이었다.

> 내가 잠이 든 후 시어머니는 아마 방마다 굳게 잠긴 문을 두드리며 "애야, 문 좀 열어다우. 애야, 나 문 좀 열어다우" 슬피 울부짖겠지.
> 동석이는 잠귀가 어두워서, 나는 알약을 먹어서 우린 아무도 그 소리를 듣지 못할 것이다.
> 깜깜한 밤을 시어머니는 혼자서 귀신처럼 울부짖다가 날이 새면 귀신처럼 잠잠해지겠지.[68]

---

67) 이선미, 「박완서 소설의 서술성 연구」, 연세대 박사학위 논문, 2001, 74쪽.

'나'는 밤에 잠 못 드는 시어머니를 위해 타온 수면제를 자신이 먹고, 밤새 슬픈 원혼으로 흐느적거릴 시어머니를 방치한다. '나'는 시어머니가 밤마다 잠들지 못하고 외로움에 자신을 애타게 부르며 온 집을 헤매고 다닐 것이라는 사실을 뻔히 알면서도 무시한다. 대신 자신은 수면제를 먹고 그 상황에서 완전히 사라져버림으로써 모든 책임에서 벗어나려는 도피적 성향을 드러낸다. 반면 시어머니는 가족들의 철저한 무관심 속에 고립되어 고통스러운 불면의 밤을 견뎌야만 하는 것이다. 며느리인 '나'는 가족관계의 단절에서 오는 심리적 불안과 고통을 시어머니를 학대하는 것으로 표출하고 있다. 이 작품은 가족관계의 단절과 그 속에서 노인의 지위가 추락하고 학대당하는 상황을 문제시한다. 노인은 가족들에게 소외되어 삶에 대한 의지를 상실하고 결국 치매에 걸려 그저 부양해야만 하는 대상으로 전락하고 마는 것이다.

<집 보기는 그렇게 끝났다> 역시 아내이자 엄마이면서 며느리인 '나'가 느끼는 가족 간의 단절과 그로 인해 야기되는 내면의 외로움이 시어머니에 대한 불효로 나타난다고 할 수 있다. 어느 날 남편 민 교수는 사회질서를 어지럽히는 제자들 때문에 잡혀가고, 평상시와 다름없이 태연하게 지내야만 하는 '나'는 모든 상황이 당황스럽고 혼란스러웠다. 남편의 갑작스러운 부재에 대한 '나'의 불안은 시어머니에 대한 미움으로 나타난다. 남편이 없는 공허한 날들은 시어머니에 대한 증오와 학대로 충족되었다. 시어머니에 대한 학대는 주로 식사에서 나타난다.

---

68) 박완서, <포말의 집>, 『배반의 여름』, 문학동네, 2006, 84쪽.

시어머니는 고혈압과 당뇨로 식이요법을 해야 하지만, 며느리가 차려주는 해로운 음식들 위주의 식단을 무방비 상태로 탐하게 되는 것이다. 판단력을 상실한 병든 노인은 누구의 보호도 받지 못하고, 가족들의 무관심 속에 죽어간다고 할 수 있다. 노인은 가족들에게 부담스러운 짐으로 인식될 뿐이며, 그들의 화풀이 대상으로 전락하고 만다.

박완서의 또 다른 노년소설 <황혼>에는 늙은 여자와 젊은 여자가 등장한다. 늙은 여자의 방은 창이 없고 문이 부엌으로 나 있는, 방이 아니라 골방, 물건을 보관하는 창고에 더 적합한 공간이었다. "비뚤어지거나 모자라거나 흠나거나 더럽거나 넘치는 걸 참지 못"하는 젊은 여자에게 늙은 여자는 한 가지 근심거리로 철저하게 격리되고 고립되어 있다. 이 작품의 늙은 여자는 <포말의 집>이나 <집 보기는 그렇게 끝났다>의 치매에 걸린 노인들과는 상황이 전혀 다르다. 늙은 여자는 사실 그렇게 늙지 않았으며, 상황 판단을 할 수 있고 가족들에게 도움을 줄 수 있을 만큼 건강하다. 그러나 젊은 여자는 늙은 여자의 도움이나 대화 자체를 아예 거부하고 차단한다. 늙은 여자는 자기 스스로는 아무 것도 할 수 없는 절망스러운 현실에 점점 무기력해질 뿐이다.

<포말의 집>이나 <집 보기는 그렇게 끝났다>, <황혼>의 며느리들은 전통사회에서 근대사회로 변화하는 과도기적인 가부장제의 가족관계와 여성의 역할에 불만을 나타낸다. 그녀들은 남편과 자식들, 시어머니에게 불평하고, 적극적으로 자신들의 억눌린 불만을 표출한다. 외관상 경제발전이라는 그늘 아래 감추어진 힘없는 자들이나

여자들에게 요구되는 순종과 무조건적인 부양의 책임이 결국은 노인 문제로 드러나게 된 것이다. 경제적 능력이 없고, 가치 판단의 능력이나 기본적인 사고도 상실해 가는 무기력한 노인들을 향한 "일종의 통상적인 숨겨진 공격"[69]으로 노인들은 무방비 상태에서 아들이나 며느리, 가족들의 공격을 고스란히 받는다. 며느리들은 세월이 흘러 예전 시어머니의 권위를 갖게 되자 늙고 병든 시어머니의 우위에 섬으로써 보복하는 것이다. 특히 <황혼>의 경우 늙은 여자는 집 안의 근심거리로 전락하여 소외된 노년을 보낸다. 늙은 여자는 사회적 변화와 발전에 둔감했으며, 그녀가 기대했던 전통적인 방식의 효는 불가능해졌음을 고통스럽게 깨닫는다. 늙은 여자의 삶은 산업화시대의 핵가족화와 이기주의에 가려진 소외되고 억압받는 노인문제의 씁쓸한 단면이라 하겠다.

김영진의 <박노인의 죽음>은 박노인의 죽음을 통해 드러나는 그의 집안 문제와 서로 미처 소통하지 못했던 노인정 친구들의 회한을 담은 이야기다. 삶에 대한 의욕이 강했던 박노인의 죽음은 경로당의 노인들을 충격에 빠뜨렸다. 더구나 그의 죽음은 자살이었고, 뒤에 드러나는 자식들의 행태는 노인들을 분노하게 만들었다. 박노인의 자식들은 서로 그를 모시지 않으려 야단이었고, 심지어 다리가 불편한 그에게 목발도 사주지 않았다. 충격을 받은 박노인은 양로원에 갈 것을 결심하고 수소문해 보았지만, 자녀가 있는 노인은 받아주지 않는다는 사실에 절망했다.

---

69) 줄리아 시갈, 『멜라니 클라인』, 김정욱 역, 학지사, 2009, 79쪽.

박노인은 원래 큰아들집에 의지하고 있었는데 거기서 쫓겨나오다시피 한 사람이었다. 변변치못한 그의 큰며느리는 그나마 성깔 하나는 걸작이어서 시애비를 알기로 무슨 아이동생처럼 몰랑몰랑하게 알았다. 한마디로 제 집 강아지보다 더 천시 여겼던 것이다.

......

그런데 박노인의 둘째며느리 역시 며칠 못 가 시애비인 그를 또 내쫓듯 하였다. 장자 안 모시는 시아버질 내가 왜? 아이 참 별꼴이야, 한 것이다. 그때부터 박노인은 아낙네들집에서 이리저리 따돌리는 가련한 신세가 되어버린 것이다. 그런데 더욱 괘씸한 일은 그의 아들들도 제 여편네들이 제 애비를 이리저리 내몰고 따돌리는 줄 알면서도 모르는 체 입을 딱 봉해버린 사실이었다.[70]

박노인의 큰며느리는 집 안의 우환이 늙은 시아버지인 박노인 때문이라는 이유로 그를 내쫓았고, 둘째며느리는 장자도 모시지 않는 시아버지를 모실 수 없다고 버텼다. 결국 박노인은 셋째아들네 집으로 왔지만, 셋째아들 내외 역시 날이 갈수록 그를 구박하였다. 박노인은 자식들의 따돌림과 멸시로 마음 편한 날이 없으면서도, "자식망신, 집안망신" 시키지 않으려 자신의 집안 얘기는 절대 하지 않았다. 박노인은 가정에서 어른으로서의 자리를 잃고 아침이 되면 가족들을 피해 노인정에 나가고 밤이 돼서야 어쩔 수 없이 돌아가는 신세였다.

그랬으나 박노인은 결코 삶에 대한 의욕은 잃지 않았다. 아들놈들이 언젠가는 자신들의 불효를 뉘우치고 애비인 자신에게 잘할

---

70) 김영진, <박노인의 죽음>, 『현대문학』, 1979. 8, 213쪽.

날이 있을 거라고 철석같이 믿고 있었기 때문이었다. 그래서 더욱
살고 싶어한 박노인이었다.[71]

　박노인은 자식들의 멸시와 학대 속에 고달프게 살면서도 삶에 대한
의욕을 잃지 않고 열심히 생활하였다. 그는 언젠가 자식들이 불효를
깨우치고 용서를 빌 날이 올 것이라는 막연한 희망을 품고 있었다. 그
러나 그의 기대는 목발을 잃어버리면서 무자비하게 꺾여버리고 만다.
그것은 다리가 불편한 박노인이 목발을 잃어버린 후, 자식들은 그가
목발을 짚고 찾아올까봐 지레 겁을 먹고 일부러 목발을 사주지 않았
기 때문이다. 이 사건으로 박노인은 삶에 대한 의욕을 완전히 잃어버
릴 만큼 자식들에게 실망하였다. 양로원에도 갈 수 없었던 그는 자신
이 갈 수 있는 곳이 세상 어디에도 없다는 사실에 좌절하여 자살을 선
택하였던 것이다. 박노인뿐만 아니라 안노인 역시 아들집이 "마치 빈
집처럼 음산한 찬바람만 부는 흡사 남의 집" 같고, 아들 내외는 자신
의 임종을 학수고대하는 귀신들 같이 섬뜩하다고 생각하고 있다. 이
는 노인들이 자식들에게 무시당하고 가정에서의 지위를 상실한 채 노
년의 시간을 보내고 있다는 것을 의미한다. 작가는 노인정의 노인들
을 통해 그들이 가정에서 아버지로서의 권위를 상실한 채, 인생의 마
지막 시간을 외롭고 쓸쓸하게 살아가고 있음을 보여준다. 또한 노인
들이 삶의 의욕을 잃고 자살을 선택하는 상황은 더 이상 노인문제를
가정 내로 한정할 수만은 없음을 지적하고 있다.

---

71) 위의 책, 214쪽.

이 시기 노년소설에서는 겉으로 아무 문제없는, 오히려 행복하고 평온해 보이는 가정이지만 언제 폭발할지 모르는 심리적 불안을 숨기고 아슬아슬 살아가는 가족의 모습들이 주를 이룬다. 산업화·도시화가 시작된 이후 노인들의 경험이나 지혜는 불필요해졌다. 오히려 노인들의 무지와 무능력은 발전의 걸림돌이 되어버렸고, 무기력하고 부정적으로 그려지는 경우가 대부분이다. 경제성장은 경제력이 없는 무능한 노인들을 멸시하게 만들었고, 핵가족화로 인해 노인들은 가정안에서도 그들의 지위를 확보할 수 없게 되었다. 가족 안에서 모든 것의 가치는 물질로 성해지고 가족 간의 관계가 단절되면서 며느리들은 가부장제의 보수적인 관습에 반기를 들고 노인들에 대해 강제된 무조건적인 부양의 의무에 반발하고 거부한다고 할 수 있다. 노년소설은 이런 모순적인 가정 안에서 며느리들에게 멸시받고 학대당하는 노인의 모습을 형상화함으로써 더 이상 간과할 수 없는 가족 안에서의 노인문제를 응시하고 있다.

## 2. 가족구성원의 노인에 대한 대응

### 1) 가정에서의 노인 방임

1970년대는 아직 노인이 자기 자신의 삶이나 존재에 대해 구체적으로 인식하거나 노년에 대한 의식이 확립되지는 못했던 때였다. 이 시기 노인들은 자신들의 삶이나 존재가치를 가정이나 가족 안에서 찾고 있으며, 가족과 분리된 자신들의 모습은 상상할 수도 없었다. 노인에게 가족으로부터의 소외와 가정 안에서의 역할상실은 자기존 재에 대한 혼란과 삶의 회의감으로 이어지는 충격적인 사건이라 할 수 있다.

오정희의 <관계>는 반신불수의 노인이 1인칭 주인공으로 그의 피 폐한 삶을 보여주는 작품이다. 노인 '나'는 혼자서는 움직이지 못하는 상태로 아내와 아들은 죽고 며느리와 단 둘이 살고 있다. '나'는 아들 의 제삿날을 기억하지 못하는 며느리가 서운하면서도 동시에 혼자 남 은 며느리에 대한 감정적 부채감으로 괴로워한다. 며느리는 노인인 그를 철저하게 멸시하지도 그렇다고 공경하지도 않는 무심한 태도를 취한다. 며느리는 가정 내에서 노인 '나'를 방임하고 있다고 할 수 있 다. 노인 '나'는 매사 불만을 토로하고 감정의 기복이 심한 상태이며, 모든 일에 서툴고 극심한 피해의식에 사로잡혀 생활한다.

> 무엇을 할까, 무엇을 할까, 나는 소리내어 말하며 방안을 더듬었 어. 결국 생각해낸 것은 똥을 누자는 것이었어. 윗목에 놓여진 요 강을 끌어당겨 걸터앉아 아랫배에 힘을 주었어. 그리고 물큰물큰 피어오르는 냄새를 들이마시며 나는 참 외롭구나, 외롭구나, 라고 말했어. 그러자 자신이 세상에서 가장 쓸쓸하고 비참한 늙은이인 듯 여겨졌어. 불현듯 축축해지는 눈자위를 누르며 나는 요강에서 피어오르는 그 정다운 냄새를 맡으며 외로움을 즐겼지.[72]

---

72) 오정희, <관계>, 『불의 강』, 문학과지성사, 2014, 147쪽.

'나'는 자기 혼자서는 전화도 받으러 갈 수 없는 반신불수의 몸으로, 아무 것도 자기 마음대로 할 수 없다는 억눌린 불만을 똥을 누는 행위로 표출한다. 그는 자신의 처지가 부끄럽다는 극심한 피해의식에 사로잡혀 급기야 늙는다는 일이 추하다고 생각하기에 이른다. 그런 그에게 배설은 자신의 불안감과 억압된 욕구의 표출이며, 동시에 살아 있음에 대한 확인이라 할 수 있다. 한편 배설물은 동일성의 외부로부터 온 위험을 표상한다.[73] 즉 배설물은 외부로부터의 위협이나 죽음으로부터의 두려움을 의미한다고 볼 수 있다. 노인인 '나'가 느끼는 위험은 혼자서 감당하기에는 버거운 것으로 그는 배설을 통해 자신이 느끼는 불안과 두려움을 분출한다고 이해할 수 있다. 동시에 '나'는 배설을 통해 자신이 살아있음을 자각하는 것이다. '나'가 배설물에서 나는 냄새를 정답다고 느끼는 장면이나 배설행위 자체를 외로움으로 즐기는 장면은 모두 불안과 두려움에도 불구하고 살아있으므로 가능한 일들이기 때문이다.

'나'는 며느리가 나가고 집 안에 혼자 남게 되는 시간이면, 외로움과 두려움으로 극도의 불안감을 호소한다. 그의 이러한 불안과 두려움은 현실로 나타나게 되는데, 집일을 봐주던 수분네가 강도로 돌변하여 물건들을 챙겨 달아나 버린 것이다. '나'는 늙고 자유롭지 못한 몸으로 아무 것도 할 수 없이 그저 이불 속에서 흐느껴 울 뿐이다. '나'는 이불 속에서 며느리에게 아이를 낳게 할 수도 있다는 자신의 남성을 상기하며 잠을 청한다. 며느리를 품에 안고 "스무 명, 서른 명, 아니 그 이

---

73) 줄리아 크리스테바, 『공포의 권력』, 서민원 역, 동문선, 2001, 116쪽.

상의 자식들을 잉태"시키려는 생각으로 자신이 처한 현실을 인정하지 않고 도피하는 비이성적이고 비겁한 모습을 보인다. 노인은 언제 올지 모르는 며느리를 기다리며 자신의 두려움을 견뎌야만 한다. 반신불수의 노인은 며느리의 무관심한 방임으로 인해 그가 처한 모든 상황을 두려워하고 외로움으로 고통 받는다. 그에 대한 방임은 결국 그가 범죄의 대상으로 전락하는 위험한 상황까지 초래하게 되었다.

아들이나 며느리의 노인에 대한 인식이 정반대의 입장이었다면, 딸은 아들과 며느리의 중간 지점이라 할 수 있을 것이다. 딸은 아들처럼 아버지를 공경하지도 않고 그렇다고 며느리처럼 멸시하지도 않는다. 다만 딸은 병든 아버지를 무관심으로 일관하며 방임하는 태도를 취한다. 오정희의 <적요>에는 아버지 '나'가 혼자 있는 시간이 싫어 늘 딸이 오기를 바라지만, 딸은 이야기가 다 끝나도록 나타나지 않음으로써 아버지를 노골적으로 방치한다. 노인 '나'는 죽음만을 기다리며 노년의 외로운 시간을 버티고 있다. '나'는 뇌졸중으로 몸의 왼쪽이 마비된 상태이면서도 모든 상황이 젊었을 때의 방탕했던 기억으로 연결된다. 딸에 대한 기억 역시 "통통한 볼기짝뿐"이라는 고백은 그가 보통의 아버지와는 다른, 육체적 욕망이 대단히 큰 사람이라는 것을 짐작하게 한다. 특히 '나'에게 가정부는 성욕의 대상이 되기도 하고, 외로움과 죽음의 두려움을 해소해주는 구원자이기도 하다. 그는 무엇보다도 자신이 죽은 뒤에 누구에게도 발견되지 않고 며칠이고 몇 달이고 아파트의 꼭대기 구석방에 버려져 썩어갈 것을 두려워한다. 그래서 그는 늘 오지 않는 딸을 기다리며, 외로움으로 적요뿐인 집에 홀로 머물기를 꺼려한다. 딸은 한 달이 넘도록 반신불수로 홀로 지내는 아버지를 찾지 않았으며, 언제 올지도 알 수 없다. 그것은 딸이 철저하게 자신의 아버지를 외면하는 것이라 할 수 있다. 노인의 유일한 그리움의 대상인 딸은 작품에 등장하지는 않지만, 존재 자체만으로 노인과 팽팽한 긴장을 유지한다.

> 그녀가 곁에서 사라지자 나는 어쩔 수 없는 불안감으로 의자에서 일어나 난간 주변을 서성거리기 시작했다.
> ……
> 나는 늘 그녀가 더 이상 오게 되지 않으리라는 두려움 때문에 어리석은 짓인 줄 알면서도 질질 지불 날짜를 끌고 한바탕 싱갱이를 벌인 후에야 돈을 주는 것이었다.[74]

'나'가 혼자 남게 되는 상황을 극도로 싫어하는 것은 가정부가 오지 않을까봐 월급 날짜를 미루는 실랑이를 벌이는 것에서도 확인할 수 있다. 그는 혼자 있는 시간 대부분을 아파트 옥상에 올라가 보내며, 딸이 오는 길목을 하염없이 바라본다. 그러다 '나'는 놀이터에서 사내아이를 집으로 유인하여 데려왔다. 그는 혼자 죽을지도 모른다는 불안감으로 집에 돌아가겠다는 아이에게 수면제를 먹이는 비이성적인 행동을 저지른다. 그는 아이가 깨어난 이후나, 그 부모가 아이를 찾아올지도 모르는 상황까지 생각하는 치밀함이나 대안도 없이 당장 혼자 있는 것을 면하기 위해 위험한 행동을 한 것이다. "억압된 본능은 끊

---

74) 오정희, <적요>, 『야회』, 나남, 1990, 95~96쪽.

임없이 완전하게 충족되고자"[75] 한다는 논리를 노인 '나'의 행동을 통해서 확인할 수 있다. '나'는 어떤 형태로든 자신의 불안을 해소하고자 충동적 범죄를 저지르면서도 이후의 상황은 전혀 염두에 두지 않는 모습을 보인다. 작가 오정희가 바라보는 노년남성은 대부분 비정상적이라고 할 수 있다. 그들은 이미 오래전부터 가족과의 관계가 단절된 상태로 어떠한 소통이나 이해가 배제된 외롭고 쓸쓸한 노년을 보내고 있다. 딸이나 며느리는 모두 아버지인 노인을 방치하고 그 존재를 인정하지 않고 있음을 숨김없이 드러낸다. 결국 노인들은 자신의 외로움과 절망적인 생활을 비도덕적이고 삐뚤어진 욕망을 통해 해결하려는 극단적인 모습을 보임으로써 더욱 심각한 문제를 야기하게 되는 것이다.

이 시기 노년소설은 가정 내에서 가족들의 무관심으로 방임되는 노인들을 주목하기도 한다. 가족들의 무관심과 방임으로 혼자 남은 노인들이 생겨나면서, 노인들이 범죄의 대상이 되거나 노인 스스로가 범죄자가 될 수도 있다는 새로운 노인문제에 대한 경각심을 일깨운다. 1970년대는 사회적으로 노인에게 무심하고 냉담한 분위기였다. 사회는 노인들이 겪는 가정 내에서의 학대나 방임에 관심을 기울이지 않으며, 그들을 주변인으로 간주할 뿐이다. 경제발전의 그늘에 가려진 자식들의 노인부양 부담과 경제적 고통은 결국 부모인 노인에 대한 방임이나 유기로 표출된다.

---

75) 아니카 르메르, 『자크 라캉』, 이미선 역, 문예출판사, 1994, 247쪽.

## 2) 낯선 공간으로의 노인 유기

1970년대 노년소설 중에는 의도적으로 또는 의도치 않게 사회적 시각에서 노인이 형상화되는 작품들도 발표되었다. 특히 노인부양[76]의 문제를 가정 안에서 전적으로 책임지도록 했던 전통방식의 문제점과 한계가 드러나고, 부양자들은 사회나 국가의 도움을 요청하고 함께 책임질 것을 요구하기에 이른다. 사회 공동체의 시선을 통해 집안에서 벌어지는 노인과 자식 간의 문제나 감추어진 치부를 들추기도 하고, 사회적 사건이나 시대적 고난으로 위협받고 고통 받는 노인의 모습을 조명하기도 한다. 이 시기 노년소설은 사회적 차원으로 노인에게 접근하여 노인에 대한 사회적, 국가적 관심을 유도하고, 그들의 적극적이고 능동적인 책임과 대책을 모색하는 계기를 마련하였다.

전상국의 <고려장>이 가정 안에 머물던 노인이 치매에 걸리면서 집밖으로 버려지기까지의 과정을 이야기한다면, 최인호의 <돌의 초상>은 이미 버려진 노인이 결국 다시 버려질 수밖에 없는 과정을 적나라하게 보여줌으로써 사회 이면의 어두운 현실을 들추고 있다. <고려장>의 소시민인 현세는 모친이 치매에 걸려 포악해져 가족들이 두려움과 폭력에 지치고 경제적으로도 감당할 수 없게 되자 어쩔 수 없

---

76) 노인을 규정해 온 의존성은 ①생애주기 의존성, ②육체적·정신적 의존성, ③정치적 의존성, ④경제적 의존성, ⑤구조적 의존성의 5가지로 정리된다. 노년소설에서는 이 중 생애주기 의존성과 육체적·정신적 의존성, 경제적 의존성을 전제로 노인은 곧 부담이며 부양해야 할 존재라 규정된다. (Walker, A., "Dependency and Old Age", *Social Policy and Administration 16*, Blackwell publishing ltd, 1982, pp.115~135 참조.)

이 최후의 선택을 하게 된다. 현세는 자신의 가정을 지키는 것도 버거운 극한상태로 더 이상 '효'를 언급하는 것조차 무의미해졌다. 그는 나라에서 관리하는 정신병원에 어머니를 입원시켰지만, 일마 지나시 않아 병원에서마저 치매에 걸린 노인의 힘을 감당할 수 없어 퇴원수속을 하라는 통보를 받았다. 현세는 살기 위해 어쩔 수 없이 마지막 방법을 결행하기로 마음먹고, 정결하고 조용한 정신병원을 선택하여 의사를 만나보았다.

> "쉽게 말해서 이 병의 원인은 대체로 정신적인 데서 오는 것과 신체적인 것, 그리고 유전성과 환경 — 이렇게 네 가지로 나누어 생각해 볼 수 있겠습니다만, 선생 자당님의 경우는 역시 연세가 많은 분이라 좀더 복합적인 유인을 생각해 봐야 하겠지요. 우선 신체의 노쇠현상에 따른 노수의 퇴화라든가 그 나이의 노인들이 겪어야 했던 시대적 수난도 빼놓을 수 없습니다……
> 어떻든 그 노파뿐 아니고 요즘 환자들 중에는 사회적인 어떤 압력이나 피해에 의한 원인을 가진 경우가 점점 늘어나고 있는 실정입니다. 이 사회의 책임도 없다 못 할 것입니다."[77]

의사는 치매의 원인을 추적하며, 시대적 수난이나 사회적 압력이 원인이 될 수도 있다는 현실을 지적한다. 또한 인간답게 살지 못하는 사람들의 실상에 주목하며 의사의 말을 통해 이 시기 노인에 대한 이해와 사회적 각성을 요구한다고 할 수 있다. 시대적·사회적 사건의 피해자인 노인들을 자식들에게만 떠넘기는 실태를 지적한 것이다. 사실

---

77) 전상국, <고려장>, 『우상의 눈물』, 동아출판사, 1996, 43~44쪽.

노모는 일제강점기와 한국전쟁을 거치며 남편과 아들을 차례로 잃은 경험이 있다. 이는 그 시대를 살아온 사람이라면 누구나 겪었을 가족의 상실과 상처를 입은 상태로, 노모는 홀로 남은 삼남매를 악착같이 키워냈다. 노모의 치매가 그러한 상처로 인해 기인되었다고 장담할 수는 없지만, 여러 원인 중 하나였을 것은 분명하다고 할 수 있다. 현세는 모친을 유기하기로 마음을 굳히고, "서울이란 기형적인 도시"에서는 "바른 것과 바르지 못한 것이 헷갈려 보이기 시작"한다는 것으로 자신의 결정을 정당화해보려 애썼다.

> ......미친 노파를 향해 수천 수만의 보호자가 손을 내미는 환각에 사로잡혔다. 그것은 친절하고도 철저한 음성으로 신고를 받던 경찰서 상황실의 그 얼굴도 모르는 한 순경에 대한 깊은 신뢰감에서 비롯된 생각이었는지도 모른다.[78]

막다른 골목까지 밀려난 현세는 어머니를 유기하면서 수천수만의 보호자가 어머니에게 손을 내미는 듯한 환각에 빠진다. 그는 그대로 계속 가다간 자기 자신과 가정이 파멸하고 말 것이라 직감하고, 어머니의 유기는 모자관계를 잠시 동안 유예하는 방법이라 합리화한다. 그는 자신의 신고전화를 친절하게 받아준 순경에게 신뢰감을 느끼며, 어쩌면 "어머니의 입원비를 물어야 할 사람은 국가"라고 생각하기에 이른다. 현세는 자신이 오롯이 감당할 수 없는 어머니의 부양에 대해 사회적 책임을 요구하며, 국가와 사회가 보호자가 되어 함께 책임을

---

78) 위의 책, 66쪽.

저야한다고 주장한다. 작가 전상국은 1970년대에 이미 노인의 문제를 사회, 국가에서 함께 감당해야 함을 예리하게 꿰뚫었다고 할 수 있다. 작가는 현세를 통해 당시 노인들을 부양해야만 하는 가난한 소시민의 현실과 경제적 고통을 주시하고 사회적 관심과 대책을 모색하는 계기를 마련한다고 할 수 있다.

최인호의 <돌의 초상>은 치매에 걸려 이미 버려진 노인이 다시 한 번 버려지는 모습을 통해 비정하고 삭막한 사회의 한 단면을 보여준다. 사진작가인 '나'는 물건보다도 더 쓸모없어져 버림받은 노인을 공공연히 "신판 고려장"이라 단정하며, 그를 위한 최선의 선택은 안락사라는 생각을 하기에 이른다. '나'가 생각하는 '신판 고려장'이나 '안락사'를 통해 당시의 노인에 대한 의식을 엿볼 수 있다. 물질적인 발전과 풍요는 경제적인 가치만을 중요시하게 되고 상대적으로 무능한 노인들은 가정에서나 사회에서 그들의 자리나 지위를 빼앗기게 되었다. 늙어 아무 능력이 없고 가족에게 짐이 되는 노인은 버려지거나 차라리 안락사가 나을 것이라 생각할 만큼 이기적이고 냉정한 분위기가 팽배했던 것이다.

먼 도시의 풍요하고 찬란한 밤의 광기와 쾌락에 젖어 밤에 더욱 빛나는 요염한 도시의 요기가 한 데 어우러져 밤하늘 위로 탐조등의 불빛처럼 뻗쳐오르고 있었다. 초파일날 맑은 강물에 머리를 씻어 내리듯 온 도시는 밤하늘 위로 빛나는 모발을 흩날리고 있었다. 그래서 온 도시는 조명 속에 번쩍이는 야회복 차림의 여인처럼 빛의 갑옷을 입고 타오르고 있었다. 도시는 폭죽을 터뜨리면서 불꽃놀이로 번쩍이고 있었다. 나는 그 속으로 들어가야 한다고 생각했다.

노인을 남의 눈에 띨어진 한강변이나 이 신시가지의 벌판 속에
버릴 것이 아니라 저 반짝이는 도시의 한복판에 버리고 돌아와야
한다고 생각했다.

저곳이야말로 미로이며, 정글이며, 늪이며, 숲이며, 계곡이 아
닌가.79)

'나'는 도시의 한복판에 그를 버리기로 결심한다. 풍요로운 도시의
공원이나 네온으로 화려하고 미로처럼 얽혀있는 도시의 밤은 치매에
걸린 노인들이 몰래 버려지는 패륜적인 일이 벌어지기에 적합한 것이
다. 도시는 수많은 익명의 사람들 속에 버린 사람을 찾을 수 없고, 버
려진 노인이 다시 집을 찾아가기도 어려운 장소를 제공한다. 노인은
'나'의 집에 머물며 며칠 더 보살핌을 받을 수 있었을지 모르지만, 결
국엔 버려질 수밖에 없는 존재였다.

<고려장>의 현세나 <돌의 초상>의 '나'는 도덕적으로 옳지 못
한 일을 저질렀다는 죄책감으로 괴로워한다. 1970년대 불안정한 산
업화, 도시화는 사회 전반에 심각한 가치관의 혼란을 초래했다. 모친
을 유기한 현세나 노인을 유기한 '나'를 비난할 수만은 없는 것은 광
폭한 노인을 감당하고, 유기된 노인을 보살피는 것을 개인의 문제로
국한시킬 수 없기 때문이다. 당시는 개인이 노인문제를 감당할 능력
을 갖추기도 어려울 만큼 가난했으며, 사회나 국가적으로 노인을 수
용할 수 있는 규범이나 복지가 마련되기에도 시기적으로 너무 이른
열악한 환경이었다. 그러므로 사회가 발전하고 생활수준이 향상되

79) 최인호, 『돌의 초상』, 마음의 양서, 1983, 176쪽.

었음에도 불구하고 한쪽에서는 노인유기의 심각한 문제가 발생했던 것이다. 작가 전상국과 최인호는 작품을 통해 노인문제가 가정에서만의 문제가 아니라 사회적으로 큰 문제가 되리라는 것을 지적하며 그 해결책을 모색하고 책임져야할 범위가 확대되어야함을 제기하는 것이다.

1970년대 노년소설은 가정에서의 노인과 노년에 관심을 기울이기 시작했다는 점에서 문학적 특징을 갖는다. 이 시기 노인에 대한 형상화는 곧 가정에서 노인의 위기를 감지하는데서 시작되었다고 할 수 있다. 노인이 주인공으로 등장하기 보다는 주로 자식과 타인에 의해 부담스러운 존재로 인식되고 끊임없이 노인의 주변을 맴돌고 있는 작품들이 주를 이루고 있던 때이기도 하다. 자식들은 권위적 관점에서 노인들을 인식하고 있으며, 그러한 인식은 노인에 대한 비뚤어진 공경이나 학대로 드러난다. 아들들은 노인에 대한 공경을 드러내는데 이것은 적대감이나 측은지심, 애증 등으로 변모하여 나타난다. 며느리들은 남편들의 무관심 속에 늙은 노모를 멸시하고 학대한다. 며느리들은 가족과의 단절로 인한 불안과 불만을 노인에 대한 학대로 표출한다고 할 수 있다. 노인은 가정이나 사회에서 그의 지위와 역할이 위협받고 부담으로 인식되었지만, 아직까지는 가정에서 노인의 자리가 어느 정도 확보되어 있음을 짐작할 수 있다. 이 시기 노인들은 가정 안에서만 그들의 존재가치를 찾을 수 있었으며, 가족과 분리되어 주체적이고 독립적으로 인식되기까지는 좀 더 시간이 필요했다.

가족들의 노인에 대한 대응은 방임과 노인유기의 양상으로 드러난다. 산업화와 도시화의 시대변화에 무력하고 둔감한 노인들은 가족들의 유기와 방임 속에 외롭고 비참한 노년을 보내며, 자기존재에 대한 혼란과 삶의 회의감으로 고뇌하고 방황한다. 노인의 상황에서 가장 절망적인 것은, 노인들 자신이 능동적으로 그 상황을 수정할 수 없다는 사실이다.[80] 이 시기 노인은 타인에 의해 결정된 자신의 삶을 그저 수동적이고 소극적으로 받아들일 수밖에 없었다. 노인은 무의미하고 부담스러운 존재라는 인식이 팽배해 있던 때에 그들이 부당하고 불합리한 상황에 대응하기에는 능력이나 시기적으로 준비가 되지 않았다고 할 수 있다. 1970년대 노인들은 자존감의 하락으로 무기력하고 소극적인 모습이며, 그들의 의식과 행동은 자식이나 사회적 평가와 지배에서 자유롭지 못했던 시대였다. 노년소설은 전통적 가부장제 가치관과 현대 개인주의 가치관의 대립으로 노인을 전적으로 가정에 책임지우는 전통방식의 문제점과 한계를 짚어주고, 부분적으로 사회나 국가적 차원의 관심과 책임에 대한 요구를 제기하기 시작하였다.

---

80) 시몬 드 보부아르, 앞의 책, 770쪽.

# III.

## 노인문제에 대한
## 사회적 대응으로의 노년서사

# Ⅲ. 노인문제에 대한
# 사회적 대응으로의 노년서사

1970년대 노년소설이 가족 내에서의 노인과 노년에 대한 인식 단계였다면, 1980년대는 사회적 차원에서 노인문제 혹은 노인공동체에서의 생활에 관심을 두기 시작하였다는 점에 주목할 필요가 있다. 이 시기에는 사회적 시선에서 부양의 문제에 대한 구체적인 해결방안이 모색되고 있으며, 노인문제 해결을 위한 보다 근본적이고 체계적인 제도가 만들어지기 시작하였다. 또한 노인들의 공동체생활에 주목하여 노인과 노년에 대한 새로운 인식과 관점이 조성되는 시대적 특징을 보인다.

1980년대는 산업화가 어느 정도 안정적인 궤도에 오른 시기였으나, 1979년 유신정권의 몰락과 1980년 광주항쟁, 1987년 민주화 투쟁과 노동자 대투쟁 등의 끊임없는 민주화운동으로 군사정권의 긴 폭정을 마무리하는 치열하고 혼란스러운 시대였다. 그러한 혼란 속에서도 노인을 위한 사회적 제도가 마련되기 시작하였다. 1981년 노인복지법이 제정되고 1984년 노인 지하철 무임승차가 실시되었다. 사회적으로 노인에 대한 구체적이고 실질적인 대책이 만들어지기 시작한 것이다. 사회가 노인이나 노년의 삶에 무관심으로 일관했던 입장에서 그들에게 관심을 갖고 대처하는 분위기로 변화되었음을 알 수 있다. 1978년 결성된 한국노년학회에서는 1980년부터 매년 학회지를 발행하고 노인과 노년에 대한 세미나와 학술대회를 개최하였다. 이를 통해 노인과 노년에 대한 사회적인 관심뿐만 아니라 문학, 교육학 등의 다양한 학문분야에서도 본격적인 연구 분위기를 조성하였다.

1980년대 노년소설은 총 54편을 선별하였다. 이 시기 노년소설은 사회적 시선에서 노인문제에 접근하고 있으며, 가족이나 사회는 노인에 대해 객관적이고 이성적으로 이해하려는 모습을 보이고 있다. 그러나 노인은 여전히 주변인에 머물러 있으며 가족들이나 사회에서 그들의 목소리를 내지 못하고 눈치를 보며 조심스러운 모습을 보인다고 할 수 있다. 이 시기는 가정 안에서의 노인문제가 사회로 확대되어 나타나고 있으며, 노인들의 공동체 생활이 관심 있게 조명되기 시작하였다는 특징이 있다. 또한 노년소설은 노인에 대한 사회적 인식의 변화를 포착하고, 노인이 범죄의 대상으로 전락하는 실태를 고발하였다는 점에서 문학적 의의를 찾을 수 있다.

이 장에서는 1980년대 노년소설 중 사회적 시선에서 노인문제에 접근한 작품들을 중심으로 살펴보고자 한다. 부양주체에게 노인도 능동적인 인간이라는 이해를 바탕으로 그들이 받아들여지는 과정을 추적하고 이를 통해 노인에 대한 인식이 이전 시기에 비해 달라졌음을 밝혀볼 것이다. 이 시기에는 노인과 노년의 삶에 대한 다양한 사회적 대응 방식으로 집단부양시설과 노인공동체가 등장하고 있다. 이를 통해 노인과 노년에 대한 사회적 관심과 대응 양상을 살펴보고, 노인을 위한 사회적 제도가 정착되어가는 과정을 파악해보고자 한다.

# 1. 노인에 대한 사회적 인식의 확대

## 1) 노인문제에 대한 객관적 이해와 수용

1980년대 노년소설은 노부모의 부양으로 고군분투하는 자식들의 모습과 이에 대한 불만과 부담을 솔직하게 드러낸다. 1970년대 가정에서 자식들이 노인과 갈등하고 대립하던 관계였다면, 1980년대는 자식들이 부양에 대한 부담에도 불구하고 노인을 이해하고 수용하는 모습을 보여줌으로써 노인에 대한 의식이 변화하였음을 짐작할 수 있다. 자식들은 노인의 존재나 삶에 일정한 거리를 두고 객관적 시선으로 접근하려는 노력을 보여준다. 자식들이 노인을 한 사람의 주체적인 인간이라 인정한다는 것은 이전 시기에 비해 그들의 의식이 많이 성숙해졌음을 드러내는 것이라 할 수 있다.

서동익의 <모습>은 위암에 걸린 아버지와 병구완을 하는 가족의 일상이 딸의 시선으로 그려진 작품이다. 아버지는 위암으로 2번의 수술을 하고 퇴원하여, 집에 머물면서 가족들의 부양을 받고 있다. 어머니는 경제적 문제로 다시 직장에 다니기 시작했으며, 동생들은 언니네 집에서 학교를 다니고, '나'는 학교를 휴학하고 전적으로 아버지의 병수발을 들게 되었다. 하루에도 십여 차례 모르핀주사를 놓고 피똥을 싸며 짜증을 부리는 아버지의 병수발은 20대의 딸인 '나'가 홀로 감당하기에 무섭고 숨이 막히는 일이다. '나'는 아버지를 시중드는 일이 "피를 말리는 일"이라며 심리적 부담을 호소한다. 아버지의 병은 온 가족의 생활패턴을 송두리째 바꿔놓으며 삶에 큰 영향을 미치고 있다. 온 가족이 병들고 늙은 아버지로 인해 각자의 삶을 희생하고 아버지의 죽음을 준비하는 일에 매달린다. 모든 것이 아버지를 중심으로 돌아가며, 정작 아버지는 자신의 노화보다는 병 때문에 마음대로 할 수 없는 것에 분노를 표출한다. 질병은 자주 죽음의 이미지와 겹쳐진다. 특히 노인의 경우 "죽음이 그와 일정한 인과관계를 형성하고 있는 질병의 이미지로 치환되는 것이다."[81] 노화와 함께 질병의 고통까지 감당해야 하는 노인은 쉽게 절망하고 자포자기의 상태에 빠진다. '나'는 늙고 병든 아버지를 가장 가까이에서 수발하면서 거부감과 무서움으로 힘들어 한다.

인간의 출생이 태어난 당사자의 의사와는 무관하게 우주의 질서에 의해 자연스럽게 주어지는 것이 듯이, 인간의 죽음 또한 우주

---

81) 이병훈, 「결핵과 러시아 문학」, 『감염병과 인문학』, 도서출판 강, 2014, 179쪽.

의 질서에 의해 자연스럽게 주어지는 것이라고 했다. 결국 인간은 자신의 의사와는 상관없이 태어나 일생을 살다가 자신의 의사와는 상관없이 떠나가야 하는 숙명적인 존재인데, 인간이 그 주어진 생존의 기간을 살아가면서 한순간이라도 삶의 경건성과 우주질서에 순응하겠다는 자세를 망각하면 재앙이 따른다고 했다. …… 나는 그때야 우리가 살고 있는 이 세계와 인간의 삶이 무엇에 의해 원초적으로 시탱된다는 것을 알 수 있었다.82)

그러나 '나'는 아버지의 병수발을 통해 인간의 삶에 대해 깊이 생각하게 된다. 그녀는 죽음이 임박한 아버지의 지난날을 회상하며 삶의 의미를 반추하고, 아버지와 헤어질 미음의 준비를 한다. 아버지의 삶과 죽음을 지켜보며 인간의 죽음은 자연스러운 일이며, "우주의 질서를 유지하는 계율"이라 깨닫는다. 딸의 시선에서 아버지는 대상화(對象化)되고 물화(物化)되는 것으로, 이를 통해 이전의 불안과 두려움은 사라지고 아버지의 죽음을 객관적이고 이성적으로 인식하게 되었다고 할 수 있다. '나'는 병간호에 대한 심리적 부담과 아버지의 죽음에 대한 두려움으로 괴로워했지만, 결국 아버지도 주체적인 인간이며 죽음은 우주의 질서를 지키는 자연스러운 일이라는 이치를 깨닫고 마음의 평정심을 유지할 수 있게 되었다. 이 작품은 병든 아버지의 부양을 위해 가족들이 모두 매달릴 수밖에 없는 상황을 보여주고 있으며, 특히 늙고 병든 부모에 대한 부양의 애환과 고통을 어린 딸의 시선에서 조명하고 가족부양의 부담과 한계를 사실적으로 토로한다.

---

82) 서동익, <모습>, 『모습』, 북토피아, 2001, 24쪽.

박완서의 <가>는 결혼을 앞둔 서른 살의 성구와 함께 살게 된 외할머니가 서로에 대한 이해와 포용이 애틋하게 그려지는 작품이다. 성구는 홀어머니를 모실 수 없다는 애인 다영 때문에 속앓이를 하고 있다. 그 와중에 외삼촌의 부도로 외할머니까지 함께 살게 되자 성구는 "가슴이 철렁"해짐을 실토한다. 어머니에 대한 부양의 문제로 결혼의 진행이 더디어지고 있는 와중에 외할머니의 존재는 성구를 더욱 곤란하게 함에 틀림없다. 평범한 직장인인 성구는 어머니를 위해 따로 집을 장만하거나 결혼과 함께 독립할만한 상황은 아니었기 때문에 외할머니의 등장은 그를 더욱 난감하게 하는 사건이었다. 그러나 외할머니의 집에 대한 내력을 추적하며, 상구는 집을 향한 그녀의 맹목적인 집착을 점차 이해하게 된다. 외할머니에게 집은 해방과 한국전쟁의 비참했던 시절, 가족을 지켜낼 수 있었던 든든한 버팀목이었던 것이다. 외할머니의 집에 대한 집착은 대를 잇고자 하는 맹목적 집념과 동일시될 만큼 고집스러운 믿음에 가까웠다고 할 수 있다.

> 걸음마를 막 배운 아기의 뜀박질처럼 위태로워 그도 마주 달려갔다. 외할머니의 양손에선 문고리만한 금가락지가 한 손에 두 개씩 네 개가 찬연하게 반짝거리고 있었다. 두 팔 벌린 외할머니가 사뿐히 그의 품에 안겨왔다. 빈 사과처럼 조금만 힘을 주어도 으스러질 것 같은 할머니의 어깨뼈를 그는 얼떨결에 안았다.[83]

---

83) 박완서, <가>, 『가는 비, 이슬비』, 문학동네, 1999, 42쪽.

외할머니는 삶의 기둥이었고 전부였던 집을 잃고서 외손자 성구에게 "어쩌면 좋냐? 할미가 네 신세를 지게 됐으니."라며 울었다. 성구는 대답 대신 조금만 힘을 주어도 으스러질 것 같은 할머니를 한번 안아주었다. 상구가 외할머니를 안아주며 "빈사과처럼 힘을 주면 으스러질 것 같이" 느끼는 이 장면은 그가 집을 잃은 할머니의 정신적 충격을 이해하고 수용하였음을 보여준다. <가>는 세대 간의 대립을 보여주기 보다는 "두 세대의 삶을 동일한 객관적 시각으로 그리고 있"[84)는데, 서술자는 인물들에게 평정심을 유지하며 외할머니와 성구의 세대 간의 이해와 합일점 모색을 유도한다고 할 수 있다. 이 작품은 역사적 격동기를 집 하나를 지키며 견뎌온 할머니가 늙어서 그 집을 잃고 자식도 아닌 손자에게 의탁해야 하는 처지와 평범한 회사원인 남자가 결혼을 앞두고 어머니와 외할머니까지 부양해야 하는 현실에 대한 고민을 담아내고 있다. 성구는 감정적으로 할머니를 대하고 원망할 수도 있었지만, 일정한 거리를 유지하고 객관적 시각으로 할머니를 바라본다. 손자는 자신의 입장도 난처하지만, 외할머니의 삶과 처지를 이성적으로 이해하고 수용하는 태도를 취하는 것이다. 성구의 이러한 태도는 그의 의식적 성숙을 드러낸다고 볼 수 있다. 왜냐하면 그러한 태도는 어느 한쪽으로 치우치지 않고 서로의 입장과 상황을 공정하게 파악하는데 효과적이기 때문이다.

우선덕의 <실감기>와 <만월>은 이혼한 노년의 부부 사이에서

---

84) 박혜경, 「저문 날의 삽화, 혹은 소시민적 삶의 풍속도」, 『저문 날의 삽화』, 문학과지성사, 1994, 305쪽.

양쪽을 다 챙겨야 하는 딸의 부담이 적나라하게 묘사된다. <실감기>는 외동딸이 결혼을 한 상태로 남편과 시어머니의 눈치까지 봐가며 이혼한 친정 부모를 돌봐야하고, <만월>의 딸은 다섯 형제 중에 유독 자기에게만 주어진 역할이 불만이기도 하지만, 그래도 끝까지 따로 사는 아버지와 어머니 사이에서 다리 구실을 다한다. 두 작품에서 어머니들은 경제력이 있고 생활력이 강한 반면 아버지들은 모두 화가로 어머니와의 불화로 집을 나와 외딴 곳에 거처를 마련하고 산다는 공통점이 있다. 또한 두 작품은 기본적인 구조가 비슷하고 "현실적으로 어머니는 남편을 버렸지만 그녀의 의식 속에 남편은 아직 울타리 속의 주인공으로 존재한다"[85]는 특징을 갖는다. 본고에서는 결혼한 외동딸이 이혼한 아버지와 어머니 사이에서 겪는 심리적 부담과 그로 인한 남편과의 갈등이 사실적으로 드러난 <실감기>를 중심으로 분석해 보고자 한다. 딸인 '나'는 아버지가 위독하다는 연락을 받고 "당신 집안은 복잡해, 너무 복잡해."라는 남편의 말이 먼저 떠올랐다. '나'는 자신에게는 아픔인 부모의 문제를 복잡하다고 말하는 남편과는 교차될 수 없는 평행선으로, 어쩔 수 없는 남남이라 단정한다.

'나'는 경제적 능력이 없이 시어머니를 모시고 사는 평범한 여자로, 이혼한 노부모는 그녀가 남편에게 당당할 수 없는 약점이기도 하다. '나'는 스스로를 복잡한 가정의 어리석은 여자라는 자격지심으로, 기를 펴지 못하고 위축되어 있다. 또한 '나'는 한 집안의 아내이자 며느리로 순종하며 조용히 사는 것이 여자의 미덕이라는 보수적인 사상에

---

85) 정규웅, 「낯설음 속의 낯익음」, 『굿바이 정순 씨』, 서당, 1989, 274쪽 참조.

얽매여있는 사람이다. 그런 그녀에게 친정부모에 대한 책임은 남편과 시어머니의 눈치를 보게 만드는 일이었다. 그리고 '나'는 끊임없이 문제가 되는 친정부모에 대한 부양의 부담으로 늘 곤란하고 불편하다. '나'는 남편을 귀찮게 하지 않기 위해 친정 일에 대해서는 지나치게 결벽증을 드러내면서도 부모를 모른 채 할 수 없는 자신의 입장에 대해 심적 고통을 호소한다.

> 아버지가 차라리 이 세상을 마감해 준다면, 그러면 그들의 이십 년이란 세월의 불편한 관계는 청산되는 것이다. 그러면 나는 정말 마음 속 깊이로부터 편해질까. 어머니는 편해질까. 우리 세 사람은 서로서로를 풀어내 줄 수 있을까. 꼭 아버지가 아니더라도 두 사람 중의 하나만이라도 없어져 주었으면……. 나는 픽 오래 전부터 그런 음모를 꿈꾸어 왔었다.[86]

'나'는 어머니와 아버지가 자신에게 늘 골칫거리였음을 당당하게 고백한다. '나'가 느끼는 심리적 중압감은 아버지와 어머니 중 한 분만 계신다면 훨씬 덜할지도 모른다는 불편한 감정을 야기한다. '나'는 일흔이 넘은 아버지의 수술과 수술 후 자신이 혼자 간병을 해야 한다는 현실이 성가시고 부담스러웠다. '나'는 시부모님과 남편이 있는, 결혼한 자신의 처지를 저주하고 후회하면서 게으른 시어머니에게 무서운 적의까지 품는다. 어머니는 이혼한지 20년이나 지났지만, 그녀의 의식 속에 '나'의 아버지는 아직까지 남편으로 건재하다고 할 수 있다.

---

86) 우선덕, <실감기>, 『굿바이 정순 씨』, 앞의 책, 16쪽.

일흔이 넘은 연로한 아버지가 수술로 돌아가실지도 모른다며 통곡을 하는 어머니는 여전히 아내의 자리에서 벗어나지 못했음을 확인시켜 주기 때문이다. '나'가 느끼기에 아버지와 어머니는 부부도 아니고 남남도 아닌 얽히고설킨 실타래처럼 복잡하고 설명할 수 없는 관계라 할 수 있다. 그러나 '나'는 "굳이 어머니가 해명하지 않아도 어머니의 입장과 감정을" 이해한다. '나' 역시 어머니와 마찬가지로 여자로서 가정이나 남편에 귀속된다는 속성을 갖고 있기 때문이다. 어머니와 같은 사고방식을 갖고 있기 때문에 '나'는 그들의 관계를 이해하고 또 언제까지나 그들이 자신의 부담이 될 것이라는 사실 역시 알고 있다.

1970년대 노년소설에서 노인은 무기력하고 초라한 존재라는 인식이 깔려있었다면, 1980년대는 노인을 좀 더 객관적이고 이성적인 이해를 바탕으로 접근하려는 노력이 이루어진 시기였다. 서동익의 <모습>이나 박완서의 <가>, 우선덕의 <실감기>에 등장하는 딸이나 손자는 그들의 부모나 조부모의 고통이나 상실감을 감당하고 책임지려는 태도를 취한다. 레비나스는 타인이 그의 비참함 가운데, 자기 방어가 불가능한 가운데, 신체적, 도덕적 우월성을 상실한 가운데, 정말 낮고 비천한 가운데, 쉽게 상처받을 수 있는 가운데, '얼굴의 현현'으로 나에게 나타나 요구하고 호소한다고 주장한다. 타인의 얼굴은 윤리적 사건으로 그동안 나만이 누리던 자유가 부당함을 일깨우고 타인을 수용하고, 환대하도록 요구한다. 나는 타자의 고통과 박탈을 이해하고 주체로서 그들을 위해 책임과 의무를 다하고자 타인의 부름에 응답함으로써 '책임적 존재', '윤리적 주체'로 재탄생하는 것이다.[87]

자식들은 신체적, 경제적 우월성을 상실하고 상처받은 노인들의 삶을 위해 자신을 희생하고자 하는데, 이는 그들이 노인을 위한 책임적 존재가 되는 것을 의미한다고 볼 수 있다. 이 작품들의 자식들이나 손자는 노인의 삶을 이해하고 포용하는 모습을 보여줌으로써 노인을 수용하고 그들을 위해 희생하는 면모를 드러내고 있다. 인물들은 노인들이나 그들과 얽힌 상황에 분노하고 반감을 드러내기보다는 그럴 수밖에 없는 그들의 처지를 책임짐으로써 윤리적 의무를 다하고 윤리적 주체가 된다.

## 2) 사회적 각성의 필요성 제기

노인이 자신의 노화를 인식하고 받아들이는 과정은 쓸쓸하고 가혹하다. 특히 노년남성일 경우 건강하거나 건강하지 못하거나 그들의 노년은 외롭고 단절되어 있음을 알 수 있다. 안장환의 <목마와 달빛>이나 김문수의 <종말>은 자존감을 상실한 채, 주변으로부터 억압받으며 소모적이고 무료한 일상을 사는 노년남성의 모습을 보여준다. 이들은 모두 중산층 가정의 노인들로 경제적 걱정이 없으며 겉으로 보기에는 행복한 노년을 보내는 사람들로 인식된다. 그러나 이들이 자신의 노화를 인식하고 수용하는 과정이나 노년의 주체적 삶을 추구하는 일은 쉽지 않다. 작가들은 서로 다른 관점으로 노년의 삶에

---

87) 강영안,『타인의 얼굴』, 문학과지성사, 2015, 176~184쪽.
엠마누엘 레비나스,『시간과 타자』, 강영안 역, 문예출판사, 2015, 134~141쪽.

접근하고 있지만, 작품에 등장하는 노인들은 하나같이 외롭고 불행하다고 할 수 있다. 1980년대 작가들은 노년남성들이 스스로의 노화와 노년의 삶을 인식하는 과정과 그들에 대한 사회적 인식을 통하여 노년의 삶에 대한 의식의 전환을 촉구한다.

안장환의 <목마와 달빛>은 노년남성이 냉정한 노년의 현실에서 자신의 역할과 지위를 상실하고 사회적 잉여자로의 위치를 깨닫는 과정을 절절하게 포착한 작품이다. 박순도씨는 일선에서 물러난 노인으로 그의 힘으로 무슨 일이든 소일거리를 하고 싶어 하지만, 아들 내외의 반대로 절망하고 만다. 박순도씨는 자신의 노년에 능동적으로 대처하고자 하지만, 아직 사람들이나 사회적 인식이 그의 적극적인 행보를 받아들일 준비가 되어 있지 못하다. 이 시기는 사람들이 개별적으로 노인에 대해 객관적이고 이성적으로 인식하려는 노력을 시도하고는 있지만, 사회적으로는 노인에게 자식의 체면을 지켜주며, 문제를 일으키지 않고 그저 점잖고 조용히 지내기를 강요하는 경향이 지배적이었다. "노인은 예외 없이 더 이상 아무것도 할 수 없는 자로, 그는 활동이 아니라 다만 현존으로 정의"[88]될 뿐이었다. 그러므로 노인은 스스로 무능하고 무기력한 존재라는 기존의 일방적 인식을 고수하는 오류를 저지르게 된다.

아들 딸들의 울타리 안에서 두 다리 쭉 뻗고 살 것이라고 하지만, 그게 아니었다. 능력없이 늙어버린 박순도 씨의 집안에서의

---

[88] 시몬 드 보부아르, 앞의 책, 304쪽.

역할은 아무것도 아니었다. 아버지로서의 위엄은 땅에 떨어졌고, 자신의 주장 한번 내세우지 못하는 무능한 존재가 되어버린 것이다.[89]

박순도씨는 겉으로는 아쉬울 것 없고 남들 보기에 부러울 것 없는 팔자 좋은 영감이지만, 그 스스로는 집 안에서 아무것도 아닌 무능한 존재라는 사실을 인식하고 있다. 현역에서 은퇴하여 할 일 없이 노인정에 나가는 무료한 일상을 보내지만, 그는 여전히 건강하고 일이 하고 싶은 노인이다. 직업이 정체감의 주요한 부분을 이루는 현대 산업사회에서 은퇴는 삶의 과정에서 주요한 단절로 작용한다.[90] 즉, 은퇴는 사회적 역할의 박탈과 직장을 중심으로 구축되었던 인간관계의 단절을 의미하며, 이것은 노년남성의 정체성 상실로까지 이어진다. 노인이 "활동하는 개인의 범주에서 갑자기 비활동적인 개인의 범주로 떨어져 늙은이로 분류되는 것, 재원의 놀랄만한 감소와 생활수준의 격하를 받아들이는 것, 그것은 대다수의 경우 심리적, 도덕적으로 심각한 결과를 초래하는 하나의 비극"[91]이라 할 수 있다. 은퇴는 사실상 노인의 사회적 기능과 지식이 점점 쓸모없는 것이 되기 때문에 어쩔 수 없이 물러나는 상황이기도 하다. 특히 은퇴한 노년남성이 느끼는 노화는 급격하고 저돌적이기까지 하여 그를 정신적 불안과 충격에 빠뜨리는 중요한 사건이라 할 수 있다.

---

89) 안장환, <목마와 달빛>, 『목마와 달빛』, 신원문화사, 1996, 147~148쪽.
90) 정진웅, 앞의 책, 148쪽.
91) 시몬 드 보부아르, 앞의 책, 365쪽.

하는 일없이 밥만 먹고나면 노인정에 나가 장기나 두고, 동네 늙
은이들과 잡담이나 하며 하루해를 보내는 것이 싫었다. 자기는 아
직 어떤 일이나 할 수 있다는 자신이 있었다. 그런데 할 일이 없었
다. 자신에게 일을 주지 않았다. 무능한 늙은이로 소외당하는 자신
이 싫었다.

집에서도 자기가 할 일은 아무것도 없었다. 며느리가 외출하면
집이나 봐주고, 전화가 오면 받아서 답이나 해주고, 새장에 갇혀
있는 새에게 모이나 주고 하는 것이 자기의 일이었다.[92]

그는 집 안에서 아버지로서의 위엄을 상실하고, 자신의 주장 한번
내세우지 못히는 무능한 존재로 그저 집을 봐주는 정도의 역할이 전
부이다. 사회적으로도 그는 아직 어떤 일이나 할 수 있다는 자신이 있
었지만, 어디에서도 그에게 일을 주지 않았다. 박순도씨는 가정에서
나 사회에서 이미 무능한 늙은이로 소외당하고 있는 것이다. 그는 무
능한 늙은이로 소외당하는 자신의 처지에서 벗어나고자 목마를 끌고
다니며 아이들을 태워주고 소일거리로 돈도 벌 계획을 세운다. 그는
노인인 자신의 상황을 수용하고 자기 혼자서 할 수 있을만한 일로 목
마 끄는 일을 찾은 것이다. 그러나 그의 계획은 단지 자식의 체면을 깎
는다는 이유로 좌절된다. 박순도씨는 목마를 끌다 길에서 며느리와
마주치게 되고, 자식들 망신을 시키느냐는 며느리의 항의를 받게 되
었다. 그는 며느리에게 "나는 아직 늙지 않았다"고 그저 "일이 하고 싶
은 것"이라고 소리친다. 비록 박순도씨의 뜻은 이루어지지 못했지만,

---

92) 안장환, 앞의 책, 149~150쪽.

그는 자식의 눈치만 보고 아무 것도 하지 못하는 노인이 아니라 자신이 할 수 있는 일을 스스로 찾고 실행에 옮기는 용기 있는 모습을 보여주었다. 박순도씨가 가정에서나 사회에서의 냉담하고 협조적이지 않은 상황에서 끝까지 자신의 의지대로 계획하고 실천하였다는 것만으로도 그의 행동은 충분히 긍정적인 평가를 받을 만하다.

안장환은 작품을 통해 건강한 노인의 삶에 대한 의미를 되새겨보고 더 나아가 일하는 노인에 대해 관심을 갖는 계기를 마련하였다. 그는 노인도 자신의 건강이 허락하는 범위에서 충분히 경제활동을 할 수 있으며, 오히려 그것이 더 가치 있고 만족도 높은 노후생활임을 지적한다. 일하는 노인을 바라보는 가족이나 사회의 시선은 1980년대의 망신스럽다는 생각에서 현재는 성공적인 노년을 위한 중요한 요건으로 변화되었다. 2004년부터는 정부 주도하에 노인 일자리 사업이 추진될 정도로 일하는 노인에 대한 인식이 상당히 바뀌었음을 알 수 있다.[93] 현재는 노인이 자신의 노년에 대한 대책이 없는 것이 오히려 사회문제로 대두되는 실정이다. 노인들이 자신의 건강하고 행복한 노년을 위해서는 무엇보다 경제적 자립이 반드시 필요하며, 경제적 활동

---

93) 미국은 1964년부터 '고령자 지역사회서비스 고용 프로그램'을 실시하였으며, 일본의 경우에도 1975년부터 '일하면서 활기차고 건강하게 살아가는 노년의 삶'을 이념으로 '실버인재센터'를 운영하였다. 우리나라의 경우 정부주도하에 2004년부터 '노인 일자리 사업'이 추진되었고 2005년부터는 지방정부와 민간 사업수행기관에서도 적극적인 정책과 지원을 수행하기 시작하였다. (김동옥·윤순녕, 「만성질환이 있는 일하는 노인의 건강행위관련요인에 관한 탐색적 연구」, 『지역사회간호학회지』 23, 지역사회간호학회, 2012, 401쪽 ; 조미아, 「노인들의 사회활동 참여에 관한 연구」, 『한국비블리아학회지』 22, 한국비블리아학회, 2011, 170쪽.)

을 통해서 자연스럽게 사회참여의 기회가 증진되고 삶의 만족도도 높아진다는 긍정적인 효과를 강조하는 시대가 되었다.

김문수의 <종말>은 미국에 있는 아들이 부쳐준 생활비를 찾으러 외출했던 노인이 집으로 돌아오지 못하고 범죄의 대상이 되어 죽게 되는 이야기이다. 아내는 미국에 정착한 아들에게 떠나고, 혼자 남은 노인은 매달 아들이 보내주는 돈으로 살고 있었다. 노인은 아내가 떠나버리자 외롭고 허망하다는 생각으로 노년의 시간을 견디던 중이었다. 노인은 가족과 단절된 채 홀로 지내며 삶의 의욕을 상실했으며, 분별력과 판단력이 저하된 상태이다. 그런 노인은 외부의 위험으로부터 자신을 적절하게 보호하고 방어할 능력이 없어 술을 마시고 계산하는 과정에서 술집 주인의 아들에게 돈이 가득 든 지갑을 보이고 만다. 노인이 거리로 나서자 청년은 자신이 모셔다 드린다며 차에 탈 것을 권하고, 노인은 차 안에서 청년에게 칼로 위협을 당한다. 이는 사회적 약자인 노인이 무방비상태로 범죄 위험에 노출될 수밖에 없음을 사실적으로 보여준 것이라 하겠다.

> 그는 눈을 감으며 이 현실이 끝내는 꿈으로 변하여 줄지도 모른다는 아주 가느다란 희망을 품어 보았다. 그러나 곧 그 희망마저도 버리고 말았다. 그는 자기가 이 청년의 얼굴은 물론 그의 어머니와 가게까지도 알고 있기 때문에 목숨을 부지할 수 없다는 것을 깨닫게 되었다.
> '결국은 이렇게 끝장이 나는구나!'[94]

---

94) 김문수, <종말>, 『비일본계』, 솔, 2015, 297쪽.

노인은 청년의 얼굴은 물론 그의 어머니의 가게까지도 알고 있기 때문에 살기 어렵다는 것을 깨닫고 극심한 공포를 느끼며 이야기는 끝난다. 노인은 하나 뿐인 아들이 미국에서 대학교수를 하고, 아내는 지금 아들에게 가 있어 자신이 "혼자 사는 늙은이"라는 사실을 너무 쉽게 드러냈다. 그러므로 노인은 청년의 말대로 "늙어서 그런지 끌어올리는데 별로 힘이 들지 않"고 쉽게 범죄의 대상이 되고 만다. 청년에게 노인은 한 사람으로 인식되기 보다는 쉽게 돈을 취할 수 있는 대상으로 전락하였음을 보여준다. 특히 노인처럼 가족이나 사회와의 교류가 없이 방치되다시피 지내는 경우는 범죄의 피해95)에 노출되기 쉽다고 할 수 있다. 이 작품은 삶에 대한 의지를 상실한 외로운 노인이 쉽게 범죄의 대상으로 전락하는 현실과 양심의 가책을 느끼지 않고 거리낌 없이 돈을 뺏고 노인을 죽이려는 청년의 모습을 적나라하게 드러내고 있다. 노인이 연장자로 존중받는 것이 아니라 끌어올리기 쉬운 범죄의 표적임을 직접적으로 표현하였다. 또한 늙은 노인이 허망하고 잔인하게 범죄의 대상이 되는 과정을 보여줌으로써 물질지상주의 아래 파괴되는 도덕적 윤리의식과 노인에 대한 사회적 안전장치가 제대로 갖추어지지 않았음을 짚어준다. 작품에서 노인이 범죄의 대상으로 전락하는 모습을 통해 노인을 경시하고, 노인의 입지가 상대적으로 약화되어 있는 사회적 분위기를 확인할 수 있는 것이다. 노

---

95) 노인의 범죄피해는 갈수록 증가하는 추세다. 그러나 범죄피해에 대한 국가의 정책, 제도적 장치는 여전히 미흡한 실정이라고 할 수 있다. (이건호, 「고령화 사회에서의 노인의 범죄피해와 노인학대」, 『한국의료법학회지』 16, 한국의료법학회, 2008, 6~7쪽.)

년소설은 노인이 범죄의 대상으로 전락하는 실태를 고발하고 있으며, 노인들이 안전하게 보호받지 못하는 현실에 있어 사회적 보호의 필요성에 대한 경각심을 일깨운다고 할 수 있다.

안장환의 <목마와 달빛>이나 김문수의 <종말>은 노년남성에 대한 사회적 인식이 드러나는 동시에 노인에 대한 사회적 각성을 요구한 작품들이다. 자식들이나 사회적 시선은 노인의 삶을 억압하고 통제하며, 가족과 떨어져 외롭게 살던 노인을 범죄의 대상으로 치부한다. 노년소설에서는 노년남성들에 대한 고정적이고 획일화된 편견이 그들의 삶에 대한 의욕마저 좌절시키고 결국 그들의 노년이 불행해질 수밖에 없는 현실을 보여주었다. 이 작품들은 이전 시기인 1970년대 노인에 대한 수동적이고 부정적인 시각에서 벗어나 1990년대 노인의 당당한 삶과 권리를 인식하고 인정하게 되는 과정의 과도기에 속한다고 할 수 있다. 또한 작품을 통하여 노년남성에 대한 사회적 인식의 각성과 노년기의 주체적인 삶에 대한 새로운 견해를 요구하고 있다.

## 2. 노인에 대한 사회적 대응 양상

### 1) 노인부양을 위한 수용시설 운영

1980년대는 노인의 부양[96]을 가족 내에서 해결해야한다는 관점의

---

96) 노인부양은 크게 3가지 유형으로 구분된다. 첫째, 부양주체에 따른 유형으로 노인부양서비스를 누가 제공하는지에 따라 공적부양과 사적부양으로 나뉜다. 둘

변화와 사회적 과제의 하나로 확대되어야 한다는 실질적인 접근을 요구한 시기였다. 자식들의 노인 부양방식은 사적부양이며 동시에 개별부양에 속하고, 부양 종류에서는 경제적, 정서적, 신체·서비스 부양까지 모두 책임지는 형태였다. 이러한 자식들의 부양방식의 한계와 심리적 부담은 노부모에 대한 적개심으로 나타나기도 하였다. 그리고 종교단체에서 무연고자 노인들을 대상으로 운영되는 수용시설부양은 경제적 부양, 정서적 부양, 신체·서비스 부양을 몇 명의 봉사자들이 나누어 담당하는 방식으로 공적부양과 사적부양의 중간적 유형이라 할 수 있다.

박완서의 <지 알고 내 알고 하늘이 알건만>은 평범한 가정에서 벌어지는 노인부양의 한 방식을 보여주는 이야기이다. 중풍에 걸린 시아버지 부양을 위해 며느리는 13평 아파트를 주겠다는 조건으로 시장에서 장사를 하던 성남댁을 끌어들였다. 며느리는 성남댁이 아파트를 얻을 수 있다는 기대로 자기 대신 시아버지를 모시게끔 교묘한 음모를 꾸민 것이다. 성남댁은 지극정성으로 의식이 없는 노인의 대소변을 받아내며 시아버지를 부양하였다. 시아버지가 돌아가시자 며느리는 본색을 드러내며 성남댁을 멸시했다. 성남댁은 뒤늦게 며느리가 아파트를 팔아치운 지 오래되었다는 사실을 알고 배신감을 느꼈지만

---

째, 부양분담에 따른 유형으로 노인의 연령, 건강상태, 부양시설과 이용조건에 따라 개별부양, 서비스형 부양, 수용시설부양, 의료시설 부양, 일시적 부양이 있다. 셋째, 부양종류에 따른 유형으로 노인이 어떤 종류의 부양이 필요한가에 따라 경제적 부양, 정서적 부양, 신체·서비스 부양으로 구분된다. (안지연·한은영, 「노인부양가구의 가족갈등에 대한 연구」, 『노인복지연구』 61, 한국노인복지학회, 2013, 271쪽.)

체념할 수밖에 없었다. 며느리는 "자신에게 이롭지 않은 것은 가차 없이 무화(無化)시키는" 영악한 사람으로 성남댁을 속이고 자신의 책임을 떠넘겼던 것이다. 병든 시아버지의 부양책임을 무책임하게 떠넘기고 피하는 며느리를 통해 전통적인 효 의식이 사라지고, 가족중심의 부양이 변질되어 가는 현실을 꼬집은 작품이라 하겠다.

최창학의 <지붕>은 종교단체에서 운영하는 '안식의 집'이라는 집단수용시설부양의 형태가 처음 등장했다는 점에서 그 의의가 있다. '안식의 집'은 법적 보호자가 없는 몸이 불편하고 병에 걸린 노인들을 돌보는 곳으로 지금의 요양원과 같은 형태라 할 수 있다. 안식의 집에는 다양한 부류의 사람들이 등장하는데, 안식의 집을 유지하기 위해 노인들에게 장기기증을 권유하는 현실적인 목사와 기구한 사연들을 간직한 봉사자들, 안락사를 합법화 하여 장기거래를 통해 돈을 벌려는 이기적인 자본가들이 그들이다.

> 자기 몸뚱이조차 마음대로 움직이지 못하는 백오십 명이 넘는 식구들을 불과 일곱 명밖에 되지 않는 봉사자가 치다꺼리해야 한다는 건 보통 일이 아니었다. 그 일곱 명도 남자는 두 명밖에 안 되고 모두 여자여서 더 힘이 들었다.
>
> ......
>
> 말이 사랑이고 봉사지 처음에는 사실 죽지 못해 사는 여자로서의 자학하는 심정도 어느 정도 포함되어 있었다. …… 하지만 봉사자의 입장에서는 이 집은 성자나 천사가 되지 않고는 버텨 내기 힘든, 죽음에 임박한 사람들로 가득 찬 죽음의 집 이외의 아무것도 아니었다.97)

봉사자인 신혜의 눈에 비친 시설의 현실은 침울하고 절망적이기까지 하다. 안식의 집은 공적부양과 사적부양의 중간적 형태로, 그곳에는 거동이 불편한 노인들만이 수용되어 있는 열악한 시설이다. 일곱 명의 봉사자들이 백오십 명이 넘는 노인들의 정서적 부양과 신체·서비스 부양까지 감당하기에는 무리인 것이다. 거기다 목사는 경제적 부담을 감당하기 위해 모두의 묵인 하에 새 식구가 들어올 때마다 집요하게 장기기증을 권한다. 신혜가 느끼는 안식의 집은 버텨내기 힘든 "죽음의 집"이라 할만하다. 종교단체에서 운영하는 곳이라 신자들의 도움을 받지만, 돌봐야할 인원이 많다보니 비용은 턱없이 부족할 수밖에 없고 봉사자들 역시 부족하여 장기적으로 운영하기에 여러 가지로 어려운 점이 많음을 알 수 있다. 봉사자들은 누구라 할 것 없이 "힘들어서가 아니라 이런 것이 과연 진정 누구를 위한 것이 될 수 있느냐"는 회의감으로 갈등하고 있음을 실토한다.

작품에서는 갈수록 각박해져 가는 현실에서 병들고 의지할 곳 없는 노인들이 맘 편히 머물고 편안히 죽음을 맞이할 수용시설형태의 부양에 대한 좀 더 체계적이고 안정된 지원이 절실히 필요함을 상기시킨다. 또한 사회와 가족으로부터 버려지고 소외되어 삶에 대한 의욕도 없이 죽음만을 앞둔 노인들의 모습과 사회적 시설의 열악한 환경에 대한 사실적 접근을 통해 체계적인 방안이 시급함을 지적한다고 할 수 있다. 최창학은 <지붕>에서 안식의 집과 신혜를 통해 노인문제에 대한 우리 현실의 한계상황을 보여줄 뿐, 성급한 절망이나 섣부른 해

---

97) 최창학, <지붕>, 『한국소설문학대계 63』, 동아출판사, 1995, 526~527쪽.

결책을 제시하지는 않는다. 제3자인 신혜의 시선을 통해 노인들과 시설의 상황 등을 사실적으로 보여줄 뿐이다. 이 작품을 통해 노인의 부양문제에 대해 사회적 관심과 시도가 생겨나고 있지만, 아직은 개선해야할 많은 문제점이 있으며 경제적으로도 안정되지 못하였음을 알 수 있다.

1980년대 노년소설은 노인의 부양 문제를 해결하기 위해 새로운 부양방식이 모색되고 사회적 차원에서 수용시설부양의 형태가 작품에 등장하기 시작하였다. 노인부양에 대한 부담은 부양방식의 변화를 유도하는데, 가정에서는 제3자를 끌어들이고 사회적으로는 집단수용방식이 도입된다. 새로운 부양 형태로 부양의 문제가 완전히 해결되기는 어렵지만, 1970년대 가정에만 맡겨두었던 문제가 1980년대는 사회·국가적 차원에서 해결방안을 모색한다는 점에서 의미가 있다.


## 2) 노인 중심 사회관계망의 등장

1980년대 아파트 생활이 보편화되면서, 아파트 내에 만들어진 노인회관을 중심으로 노인들의 공동체 생활을 엿볼 수 있는 작품들이 발표되었다. 노인들의 삶에서 친구는 가족보다 더 우선적인 것으로 행복한 노년의 질을 좌우하는 중요한 요소라 할 수 있다.[98] 노인의 친구

---

98) 우리나라 노인의 사회관계망 유형을 살펴보면 65세 이상의 노인인 경우 친구형(35%), 배우자중심형(27%), 제한형(22%), 다양형(16%)으로 75세 이상의 노인인 경우는 친구형(9.0%), 가족친교형(32.9%), 자녀형(23.2%), 자녀·친구형(34.9%)

는 오래전부터 알던 부류도 있겠지만, 노인정이나 노인대학 등 새로운 활동을 통해 맺어지는 부류도 포함한다. 1980년대 노인들의 사회관계망은 주로 아파트의 노인정을 중심으로 형성되었다고 할 수 있다. 이 시기 노인들은 비록 타의에 의해 노인정으로 내몰려 어울리고 관계를 맺고 생활하게 되지만, 서로 의지하고 그들 나름의 방식으로 교류하는 모습을 보여준다.

우선덕의 <비법>, <생일>, <작은 평화>, <굿바이 정순 씨>는 모두 노인회관을 배경으로 벌어지는 할머니들의 이야기이다. 그동안 집안에 머물러 있던 노인들이 이제 집 밖, 노인정에서 모여 그들 나름의 사회생활을 하는 다양한 모습이 포착되었다. 노인회관에 모이는 할머니들은 대부분 70, 80대로 자의반 타의반 그곳의 회원이 되었다. 집 안에서 아들, 며느리의 눈치를 피해 오거나, 또는 며느리가 직접 회원으로 등록을 시켜주어 내몰리다시피 한 사람들이다. 그 외 노인회관으로 약을 팔러 오는 할머니, 노인회관에서 일을 해주는 할머니 등 다양한 인물들이 등장한다. 노년소설은 할머니들의 다양한 삶의 모습과 사건을 중심으로 그들의 소망과 노인공동체 생활의 독특한 방식을 포착한다.

<생일>과 <작은 평화>, <굿바이 정순 씨>의 배경은 모두 장수노인회관이며, <비법>은 만수노인회관이다. <비법>, <작은 평화>, <굿바이 정순 씨>에는 간난할머니나 엘에이 할머니, 세레나

으로 조사된다. (강은나·김혜진·정병오, 「후기 노년기 사회적 관계망 유형과 우울에 관한 연구」, 『사회복지연구』 46, 한국사회복지연구회, 2015, 247~248쪽.)

할머니 등 인물들의 이름이 겹쳐져 나타난다. 또한 <작은 평화>는 노인회관의 회장단 선거과정을 중심으로 벌어지는 일화를 들려주며, <굿바이 정순 씨>는 회장 선거 이후의 변화된 노인정의 분위기와 사건을 중심으로 하고 있어 연작의 성격을 띤다. 네 작품들은 배경이나 등장인물의 이름들이 서로 얽혀있으며, 우리가 잘 알지 못했던 할머니들만의 노인정 생활에서 벌어지는 다양한 사건들에 주목하여 사실적이고 밀도 있게 그려낸다.

할머니들은 대부분 자기 집보다 노인회관을 더 좋아한다. 할머니들 중에는 일주일에 한번 성당 노인학교에 나가 한글과 포크댄스를 배우고 강의도 들으며 비교적 다양한 사회생활에 참여하는 사람도 있고, 노인정을 들나들며 물건을 파는 할머니들도 있다. 그 중 월순 할머니는 이번 돌아오는 자신의 생일날 근사하게 노인회관 할머니들에게 점심을 한턱내고 싶은 작은 소망을 갖고 있다. 월순 할머니가 자기의 생일날 친구들에게 점심을 사고 싶은 것은 사회관계망 유형에서 드러나듯 현재 할머니의 삶에서 친구가 그만큼 소중하고 친밀하다는 것을 보여준다.

> "손주란 것들도 제 에미랑 똑같아. 어느 집 강아지가 와도 그렇게는 못할 거야. 내가 나오고 들어가도 나가냐 들어오냐 인사 한번 없어. 어쩌다 눈 마주치면 흘깃 보면 끝이야. 저도 이 다음에 그대로 대접받는다. 암 받지."[99]

---

99) 우선덕, <생일>, 앞의 책, 121쪽.

어느 할머니가 저 할머니가 내일 생일쯤 되는가 보다라고 당연히 생각했지만 굳이 당신 생신이시구만 하지는 않았다. 생일을 밝히지 않는 게 장수 노인회관에서는 미덕이었다. 생일 차림이라면 그래 겨우? 할 우려도 있고, 생일음식이라고 하면 거저 먹어 줄 수 없는 노릇이어서 다만 몇 푼이라도 추렴해 돌려 줘야 하니 반가울 리가 없었다.[100]

할머니들은 가족들에게 쌓인 불만이나 며느리에 대한 험담을 하며 그들의 억울한 심정을 토로한다. 그들은 서로 어울리며 자신의 불평 불만을 그대로 드러내고 함께 위로하고 위로받는 것이다. 월순 할머니 역시 가족보다도 노인징 친구들에게 의지해 삶을 살아가고 있으며, 그런 그들에게 작은 보답으로 한턱을 내고 싶었다. 할머니들은 생일 턱 내는 것을 서로 모른척한다. 그저 음식을 나누어 먹으며 하루 즐거운 시간을 보내고 싶을 뿐, 서로 번거롭게 하지 않으려는 그들만의 배려이고 미덕이라 할 수 있다. 월순 할머니도 이런 마음으로 한턱내고 싶었지만, 며느리가 그것을 겉치레고 허영이라고 못마땅하게 여겨 끝내 소망을 이루지 못하고 만다.

노인회관에 약을 팔러 드나드는 송여사의 시선으로 노인회관의 생활이 포착되기도 한다. 송여사는 노인회관을 드나들며 만병통치약을 팔고 있으며, 죽기 전에 아들 이름으로 붓는 2천만 원짜리 적금을 끝내는 것이 유일한 소원인 78세의 할머니다. 그녀가 찾아간 곳은 큰 규모에 회장단도 있는 최고급 아파트의 모범 노인회관이다. 그곳의 할

---

머니 회원들은 대부분의 시간을 화투를 치거나, 간식을 먹고 잔치를
벌이며 허비한다. 송여사는 여러 노인회관을 드나들며 노인회관마다
분위기가 다르다는 것을 파악하고 있다. 그녀는 파출부와 청소원까지
거느린 고급 노인회관보다 허술한 노인정이 더 애정이 간다고 솔직하
게 피력한다.

> 봉사활동을 하는 것도 아닌 고작 화투, 간식, 잔치 따위 뒷바라
> 지로 청소원, 파출부를 두 명이나 거느리고 있다는 사실이 밉살스
> 러웠다. 최고급 아파트의 부유한 마나님들이라고 해도 그렇지, 서
> 로 질세라 입성에 신경 쓰는 깃도 보기 좋은 꼴은 아니었다.
> ……
> 그래서 송여사는 허술한 노인정 노인들에게 더 애정을 느꼈다.
> 예를 들어 은하 노인정 같은 델 가면 고향이나 친정에 돌아온 듯
> 마음이 푸근하고 넉넉해지는 것이었다. 그곳의 회원들은 여기처럼
> 아침 도시락 싸들고 출근해 파출부가 지어주는 점심 먹고 온종일
> 화투치라고 하면 기겁할 사람들이었다. 그들은 세상에 태어나면서
> 부터 호강이란 게 뭔지를 모르는, 이쪽 만수정 위치에서 보자면 저
> 밑바닥 인생의 주인공들이었다.101)

송여사의 평가를 통해서 노인정마다 분위기나 운영체계가 다르고,
모이는 사람들의 부류도 천차만별이라는 사실을 알 수 있다. 그리고
노인회관에서 노인들의 일상이 주로 어떻게 이루어지며, 그들이 하는
일들도 봉사활동처럼 의미 있는 일에서부터 화투치기나 잔치 등 소일

---

101) 우선덕, <비법>, 앞의 책, 61~62쪽.

거리까지 다양하다는 것을 알려준다. 송여사의 눈을 통해 우리가 미처 알지 못했던 다양한 노인회관의 실상과 노인들의 공동체생활의 일상을 엿볼 수 있다.

한편으로는 노인회관의 회칙이나 회장에 따라 그곳의 분위기도 달라지는 풍경을 드러내기도 한다. 고급아파트의 노인회관인 경우는 비교적 시설이 좋고 체계적으로 운영되는 대신 회원자격이 까다로운 면이 있으며, 보통의 노인회관은 약간 허술한 면이 있기는 하지만, 융동성 있게 운영되는 것을 알 수 있다. <굿바이 정순 씨>에서의 노인회관은 비교적 고급 아파트 안에 있어서 할머니들은 같이 늙어가는 처시에 신입회원들에게 뻣뻣하게 굴기도 한다.

> 누구나 그런 섭섭하고 불쾌한 경험을 거쳤다. 한 달 두 달로 접어들면 자신도 모르게 전에 자기를 맞아 주던 할머니들과 똑같은 행세를 하게 되기 마련이다. 그저 거만할 것. 그것이 이곳의 전통이라면 전통이었다. 본래 끈질김을 생명으로 하고 있기 때문인지 기강이 많이 어수룩해진 요즘에도 전통만은 살아 있었다.[102]

할머니들은 누구나 처음 노인회관에 나올 때, 낯설고 불쾌한 경험을 했으면서도 어느새 그들도 새로운 회원에 대해서는 똑같이 거만한 모습을 보이며 텃세를 부린다. 그리고 그들은 까다로운 회칙을 앞세워 나름 전통이라는 명분으로 여기는 것이다. 이런 와중에 며칠만 어머니를 노인회관에 나오게 해달라는 젊은 여자의 부탁은 사건일 수밖

---

102) 우선덕, <굿바이 정순 씨>, 앞의 책, 249쪽.

에 없었다. 할머니들은 약간의 실랑이 끝에 여자의 어머니가 노인회 관에 나오도록 허락을 해 주었다.

<굿바이 정순 씨>에서는 새로 회장이 선출되면서 노인회관의 분 위기도 이전과는 다르게 변화하였음을 보여준다. 회장이 바뀌자 노인 회관에서 일하던 파출부와 청소부가 해고되고 할머니들은 도시락을 싸들고 다니게 되었으며, 민주적으로 의사결정을 하게 된 것이다. 할 머니들은 도시락을 싸는 일이 조금 번거롭기는 하였지만, 서로 반찬 을 나눠먹는 재미도 느끼고, 노인회관의 행사에 억지로 끼어야 하던 시절보다 마음이 편해졌음을 느꼈다. 더러는 옛날을 그리워하는 노인 들도 있었지만, 노인회관이 자체적으로 좀 더 편리하고 민주적으로 정착되어 가는 과정이라는 것을 알 수 있다.

<작은 평화>는 노인회관에서 벌어지는 회장단선거의 과정을 파 출부 홍씨의 시선을 통해 그려주는 작품이다. 사실 파출부 홍씨도 집에 가면 할머니지만, 사정이 여의치 않아 노인정에서 일을 도와주 고 있다. 정치의 축소판과도 같이 서로 인신공격을 하고, 은밀하게 혹은 노골적으로 선거운동을 하는 모습들이 홍씨에게 적나라하게 포착된다.

> "아 글쎄, 저 마누라쟁이 능청스러운 것 좀 보소. 나야 장난질을 한 것인데, 아이고 맙소사야, 단상에 처억 나가 뭐라뭐라 한마딜 해대더라 이 말이요. 다들 보셨잖소. 죄는 내가 먼점 저질렀지만 왜 또 죄들 저이 이름을 콱콱 박아 회장을 만들었는가는, 내가 물 어볼 말이오."103)

할머니들의 선거는 추천 방식이나 투표에 있어서 이성적이고 객관적으로 진행되는 것이 아니라, 좋은 게 좋은 거라는 주먹구구식인 면이 강하게 드러난다. 할머니들은 삿대질을 하고 싸우며 추태를 부리는 선거판에 진력나 있던 상태에서 세레나 할머니가 추천되자 회장 볼 위인이 따로 있냐며 그녀를 지지했던 것이다. 세레나 할머니는 완전한 어부지리로 한 표 차이로 회장으로 당선되었고, 정회장을 지지하던 할머니들과 밀고 당기고 한바탕 실랑이가 벌어지면서 회의장은 난장판이 되었다. 결국 할머니들은 정회장을 노인회관에서 추방하고 선거를 마무리 하였다.

노인회관 할머니들의 회장단 선거는 공동체 생활의 한 단면을 보여주는 것으로, 어느 공동체나 대표가 있고 규칙이 있는 것처럼 할머니들에게도 회장이 있고, 공동체를 유지하기 위한 절차 등이 있음을 보여준다. 그러나 다른 공동체에 비해 할머니들은 문제 해결이 빠르고, 사건이 쉽게 정리되는 단순한 특성을 보인다. 작품은 살벌했던 회의장 분위기가 수습되고, 뒤풀이를 하면서 노인회관은 다시 작은 평화를 찾는다는 이야기로 마무리된다. 할머니들은 회장단 선거의 소동을 간단히 마무리하고 그들의 일상을 유지한다.

> 어제까지 멀쩡하게 다니던 이가 오늘부터 앓아 누웠다 소리가
> 들리면 한두 달 후에는 반드시 부음에 접하게 되고는 했다. 그러면
> 3천원씩 걷어 조의금을 보내 주고 나면 그뿐, 다음 날부터 가고 없
> 는 이를 추억하거나 하여 감정을 낭비하는 이는 없었다.104)

---

103) 우선덕, <작은 평화>, 앞의 책, 210쪽.

노인회관의 할머니들은 친구의 죽음 역시 필요 이상의 감정 소모를 하지 않는 특징을 보인다. 사실 할머니들은 언제 어떻게 될지 알 수 없을 만큼 나이를 먹은 사람들이나. 그들에게 죽음은 충격적인 사건이 될 수 없는 것으로 그들이 친구나 이웃의 죽음을 대하는 태도는 냉정하고 이성적이라 할 수 있다. 할머니들은 누군가의 갑작스런 죽음에 그저 조의금을 걷어 보내줌으로써 그들의 마지막 도리를 다할 뿐이다. 할머니들은 가고 없는 이를 추억하며 감정을 낭비하지 않으며, 또한 그들에게 다가오는 죽음을 애써 피하려 할 정도로 삶에 미련이 있는 것도 아니다. 노인회관에서의 생활을 통해 할머니들은 여러 가지 일들에 쉽게 감정이 동화되기도 하지만 빠르게 일상으로 돌아오는 면모를 보인다. 이는 70, 80대 할머니들이 일희일비하지 않으며, 모든 일들에 초연한 특징을 드러낸다고 할 수 있다. 할머니들은 필요 이상의 감정을 소모할 만큼 체력이 되지 않으며, 그저 자신들의 남은 날들에 집중할 뿐이다.

우선덕의 <비법>, <생일>, <작은 평화>, <굿바이 정순 씨>의 할머니들은 자식들로부터 소외되어 노인회관에서 살다시피 하면서 하루하루 단조로운 시간을 보낸다. <생일>은 월순 할머니의 작은 소망의 의미와 실속만을 앞세우는 며느리의 모습을 대비시켜 노인들의 현실과 노인공동체에서의 그들의 생활 모습과 방식을 엿볼 수 있는 기회를 마련한다. <비법>의 송여사는 약의 비법을 전수해달라는 아들 내외를 피해 집을 나와 살고 있다. 송여사는 운 좋게 사람 하나 죽

---

104) 우선덕, <비법>, 앞의 책, 67쪽.

이지 않고 살아 왔다는 것이 비법이라면 비법일 뿐, 아들에게 떳떳하
게 전수해줄 비법은 없는 노인이다. <굿바이 정순 씨>의 할머니들은
당장은 거만하고 인색하지만, 그들은 모두 외롭고 쓸쓸한 노년을 보
내고 있으며, 자신들 모두 정순이 할머니처럼 머지않아 죽음을 맞이
할 것이라는 사실을 인식하고 있다. <작은 평화>의 할머니들도 소란
스러운 회장 선거를 통해 자기들만의 방식으로 질서를 만들고 공동체
생활을 유지하고 있음을 보여준다.

　　그러나 이 작품들은 모두 노인들이 주체가 되어 그들의 이야기를
하기보다는 그들의 생활 모습이 누군가에 의해 일정한 거리를 두고
관찰되고 있다. 노인회관에서 할머니들에게 벌어지는 사건들이나 그
들의 소소한 일상, 쓸쓸한 노년이 절제된 시각으로 객관화되어 그려
진다. 감정의 개입 없는 관찰은 노인들만의 성향과 의식을 효과적으
로 드러내어 그들을 보다 이성적으로 인식할 수 있게 해준다. 젊은 사
람들의 눈에 비쳐진 이들 노인들의 세계는 아무래도 비정상적일 수밖
에 없지만 노인들의 공동체 생활 속에는 나름대로의 독특한 세계가
형성되어 있다. 질서가 있는가 하면 혼란이 있고, 갈등이 있는가 하면
화해가 있다.[105] 어떤 상황이든 할머니들의 결정이나 체념은 빠르고
단순하게 나타난다. 오랜 세월을 살면서 그들이 터득한 삶의 순리이
며 노년이라는 비슷한 시기를 이해하는 동병상련의 마음에서 비롯되
었을 것이다. 이런 점에서 우선덕은 노인회관을 배경으로 노년세대
특유의 소소한 일상풍경과 삶의 방식을 효과적으로 담아내고, 집 안
에서의 노인의 모습뿐만 아니라 노인들의 공동체 생활에 관심을 갖고

---

105) 정규웅, 앞의 책, 275쪽.

접근하였다는 점에서 노년소설의 확대, 발전을 이루었다는 평가가 가능하다.

이 시기 노인들의 사회생활은 자발적이고 직극적인 참여로 이루어지기 보다는 타의에 의한 수동적인 것이었으며, 노인정이나 노인대학 등의 단체나 기관도 아직 체계적이지는 못한 시기였다. 노인들은 자신들의 시간을 지루하지 않게 보내기 위한 방법으로 노인정에 드나들고는 있지만, 사실상 이들의 생활은 안정되지 못한 상태라 할 수 있다. 노인정의 노인들은 하루아침에 고향이나 자신이 오랫동안 살던 곳을 떠나 자식이 있는 낯선 곳에 의탁하고 있는 경우가 대부분으로 그들은 정신적, 육체적으로 불안하고 불편하다. 노인들은 어디에도 의지하지 못하고 겉도는 상황으로 자신의 노년을 소모한다. 그럼에도 1980년대는 노인에 대한 사회적 접근이 이루어진다는 점에서 의의가 있다. 노년소설은 노인들을 긍정적이고 생산적으로 수용할 수 있는 다양한 사회적 활동의 필요와 그에 따른 체계적인 사회적·국가적 지원과 정책이 시급한 실정임을 직시하였다고 할 수 있다.

1980년대 노년소설은 사회적 시각으로 노인의 모습과 생활에 관심을 가지고 접근하였다는 점에서 확대·발전을 이루었다고 본다. 노년소설은 노인이 처한 현실을 사회적 시선에서 직시하게 되고 객관적이고 이성적인 시각으로 노인과 노년의 문제를 파악한다. 노인은 여전히 주체가 되지 못하고 부담스러운 부양의 대상이지만, 가족들은 그에 대한 인간적 이해와 연민을 바탕으로 그들을 품어준다. 자식들은 노인을 위해 희생하려는 준비가 되어 있으며, 그들의 힘겨운 삶을 적극적으로 책임지는 모습이 드러난다. 또한 노년남성들이 자신의 노년을 현실적으로 인식하고 좀 더 적극적으로 대처하려는 움직임도 나타나지만, 범죄의 대상으로 전락하여 사회적으로 보호받지 못하는 안타까운 상황도 폭로된다. 노년소설은 사회적 편견으로 인해 노인의 심리와 행동이 억압되고 삶에 대한 의욕이 상실되는 현실을 지적하고 있다.

1980년대는 시대적으로 노인부양을 가족 내에서 해결해야 한다는 관점의 변화와 사회적 과제의 하나로 확대되어야 한다는 실질적인 접근을 요구한 때였다고 할 수 있다. 노인들은 그들도 느끼지 못하는 사이에 집 밖으로 내몰려 노인회관이나 거리에서 자신들의 시간을 소모하게 된다. 노년소설은 노인들의 공동체 생활의 일면과 그들만의 습성으로 유지되는 실정을 추적하였다. 노인들은 지나온 삶과 경험을 바탕으로 그들 나름의 독특한 세계와 방식을 드러내며 노인 공동체 생활을 영위한다. 이 시기 노년소설은 이전 시기 노인에 대한 고정적이고 부정적인 시각에서 벗어나 노인의 삶과 권리를 인식하고 인정하게 되는 과정의 과도기에 속한다. 1980년대 정치적 혼란과 경제적 위기의 상황에서도 노년소설은 노인과 노년의 형상화에 객관적이고 이성적인 입장을 취하며 차근차근 그 영역을 구축해나가고 있다는 점에서 이전 시기에 비해 발전적 면모를 보인다.

# IV.

## 노인의 자기 정체성
## 탐구로서의 노년서사

# IV. 노인의 자기 정체성
# 탐구로서의 노년서사

1990년대는 정치적으로 상당한 민주화를 이룩했으며 경제성장도 괄목할 정도로 발전하고 안정된 시기였다. 국제화·세계화 시대에 걸맞게 외적으로 정보화 기기의 발전으로 소통의 방식이 달라지면서 독자들이 다양한 형식으로 작품을 접할 수 있는, 생동감 있고 풍요로운 문학적 환경을 맞이하였다. 내적으로는 1989년 베를린 장벽이 무너지고 1991년 소련이 붕괴되는 세기적 사건으로 인한 이념의 혼란이 문학사에도 큰 영향을 미쳤다. 민족, 국가, 역사 중심의 거대담론에 대한 회의가 일어나면서, 전체적인 것에서 개별적인 '개인' 중심의 미시담론으로의 변화를 촉구하였다. 역사와 사회에 가려져 있던 '개인'에게 가치를 부여하고, '개인'의 중요성이 부각되기 시작하였다고 할 수 있다. 이러한 사회적 현상과 맞물려 노년소설에서도 그간의 일정한 거리를 유지했던 노인들의 사적인 생활과 부부문제, 사랑 등의 노인 개인 및 개인사(個人事)를 좀 더 가까이 들여다보는 경향이 생겨났다. 그리고 노년소설은 금기시되고 꺼려왔던 노인의 몸과 죽음의 문제에 대해 본격적으로 다루었으며, 노인이 자신의 정체성을 자각하고 적극적으로 자신의 견해를 피력하거나 대응하는 모습이 포착되기도 한다.

1990년대 노년소설은 노인의 주체성 확립이라는 근본적인 문제를 중심으로 소소한 노인 개인의 일상생활에 관심을 갖고 접근하였다는 점에 주목할 필요가 있다. 1990년대 사회적 안정과 경제적 여유는 새로운 문제들에 관심을 기울이는 계기가 되면서 고령화에 대한 경각심도 서서히 대두되기 시작하였다. 이때까지는 고령화를 심각하게 받아들이지는 않지만, 일각에서는 고령화 문제에 주목하여 사회직 부담에 대한 조심스런 우려가 표명되기도 하였다. 또한 노인들이 노인정이나 노인 대학, 양로원 등으로 모여들고 활동하면서 사회 어디서나 쉽게 그들의 모습이 드러난다. 노인의 억눌렸던 목소리가 높아지고, 적극적이고 능동적인 삶의 모습들이 포착된다고 할 수 있다.

1990년대 노년소설은 65개 작품을 선정하였으며, 이 시기 노년소설은 노인의 주체적 삶에 대한 의식과 그들이 자신의 현실을 인식하고 대응하는 모습을 포착하고 있다. 또한 노인의 행동과 생각을 꿰뚫어보고, 노인의 주체적인 모습을 통찰하거나 그들의 행동을 주시하며 지극히 사적인 그러나 노인이라면 누구나 겪는 존재의 의미나 노인복지시설에서의 생활 등에도 관심을 기울인다. 1990년대는 노년소설이 1970년대와 1980년대를 거쳐 문학적 장르로 확립되는 동시에, 2000년대 새로운 주제와 영역으로 발전하기 위한 초석을 다지는 중요한 시기라 할 수 있다. 그동안 노년소설이 노인의 주변 상황이나 주변인들과의 관계에서 출발하였다면, 1990년대는 노인과 노년의 삶에 집중하여 노년의 의식과 정체성의 문제를 중점적으로 표현하려는 노력이 이루어지기 때문이다.

이 장에서는 1990년대 노년소설 중에 먼저 노인의 자기인식과 주체성의 확립이 다루어지는 작품들을 살펴보고자 한다. 노인들이 자신의 노년을 인정하고 수용하는 과정과 자신의 노년에 적극적이고 당당하게 대응하는 모습들을 통해 이 시기 노인과 노년에 대한 의식의 변화와 성장을 확인할 수 있다. 따라서 노인들이 자기가 처한 현실을 인식하는 과정과 그러한 현실에 대응하는 모습들을 분석해 보겠다. 이를 통해 노인에 대한 사회적·국가적 차원의 대책이 보다 근본적이고 실질적으로 강구되어야함을 밝혀보고자 한다.

## 1. 노인의 자기인식과 주체성 자각

### 1) 늙은 몸에 대한 자각과 이해

노년소설의 연구에서 '노년'과 '몸'은 새로운 화두로 자리 잡았다. 박완서는 1970년대 <그 살벌했던 날의 할미꽃>에서 이미 노년의 몸, 노년여성의 성을 부분적으로 언급하였으며, 1990년대 <너무도 쓸쓸한 당신>과 <마른 꽃>에서 본격적으로 늙은 몸에 대한 의식과 견해를 솔직하게 드러낸다. 인간이 소유감과 통제감을 갖는 최초의 대상이 바로 몸이다. 몸은 직접적이고 즉각적으로 지배력을 행사하는 유일한 대상이며, 존재와 소유, 실존과 소유에 대한 숙고의 궁극적인 출발점이다.[106] 그만큼 노년은 몸의 소유감과 통제감의 상태에 따라 삶의 질이 크게 좌우된다고 할 수 있다. 그리고 몸은 바로 성과 연결된다. 특히 소설에서 노년여성의 몸에 대한 인식은 노년의 삶까지도 좌지우지할 만큼 중요한 영향을 끼치고 있음을 확인할 수 있다. 그동안 남성중심의 사회에서 "여성의 몸은 임신하고 출산하는 몸으로 간주되었고 그렇지 않으면 생산적으로 취급받지 못"[107]하는 존재로 억압되고 지배받아 왔다. 생산자와 양육자의 역할을 다한 노년여성의 몸 역시 더 이상 어떤 존재도 아니라는 인식을 견뎌야만 했다. 노년여성은 자신의 늙은 몸으로 인해 부부관계나 노년의 사랑에 대해서도 상당히 소극적이고 위축되어 있으며 때로는 단호하게 경계하기도 한다.

박완서의 <너무도 쓸쓸한 당신>에서의 그녀는 남편과 오랜 별거를 하고 있다. 남편은 시골학교 교장선생님이었고, 그녀는 아이들의 교육문제를 이유로 서울에 와 살게 되었다. 그녀는 이제 아이들이 모두 결혼을 했음에도 남편과의 오랜 별거를 유지하고 있다. 그녀는 남편과 서로 의심하지 않고 무관심한 사이로, 자신들이 결코 좋은 부부는 아니라는 결론을 내린다. 그녀는 남편이 매력 없는 사람이라는 생각에 분노와 적대감까지 일며, 그런 남편과 살고 있는 자신의 삶에 낭패감과 굴욕까지 느낀다.

---

106) 브라이언 터너, 『몸과 사회』, 임인숙 역, 몸과마음, 2002, 156쪽.
107) 김애령, 「지배받는 몸, 자유로운 몸」, 『여성과 사회』 6, 한국여성연구소, 1995, 301쪽.

욕실에서 나오는 남편을 돌아보다가 그녀는 에구머니, 소리를
지를 뻔하게 놀라면서 얼굴을 돌렸다. 팬티만 입은 남편의 하체가
보기 흉했다. 넓적다리에 약간 남은 살은 물주머니처럼 축 처져 있
고, 툭 불거진 무릎 아래 털이 듬성듬성한 정강이는 몽둥이처럼 깡
말라 보였다. 순간적으로 닭살이 돋을 것처럼 혐오스러웠다. 징그
러운 것하고는 달랐다. 징그럽다는 느낌에는 그래도 약간의 윤기
가 있게 마련인데, 이건 군더더기 없는 혐오 그 자체였다.108)

그녀는 남편의 볼품없이 마르고 빈약한 늙은 하체를 보고 혐오스러
움과 동시에 충격을 받는다. 노년여성은 타인이나 자신의 늙은 몸을
마주하기를 극도로 꺼리고 거부한다. 그것은 노년여성이 마주하는 늙
은 몸에는 더 이상 남성이나 여성이 아닌 회복 불가능한 젊음만이 명
확히 드러나기 때문일 것이다. "여성은 몸에 밀접하며 몸에 의해 통제
된다고 이해되는 반면 남성은 몸을 단순히 의식을 담는 그릇으로 간
주"109)하는 인식의 차이가 늙은 몸의 인지에서도 서로 다르게 나타난
다. 늙은 몸에 대한 노년남성의 반응이 무덤덤한 반면, 노년여성의 반
응은 상당히 날카롭고 신경질적으로 나타나는 것을 통해서 확인할 수
있다. 그러나 '몸'은 때로 정신이 알아차리거나 미처 숨기지 못하는 고
통스러운 삶의 흔적을 고스란히 전달해 주기도 하고, 열 마디 말이 전
해주지 못하는 따스함과 애정을 전해주기도 한다.110) 이 작품의 그녀

---

108) 박완서, <너무도 쓸쓸한 당신>, 『너무도 쓸쓸한 당신』, 창작과비평사, 1999,
　　172~173쪽.
109) 정인숙, 「노년기 여성의 '늙은 몸/아픈 몸'에 대한 인식」, 『한국고전여성문학
　　연구』 21, 한국고전여성문학회, 2010, 130쪽.

역시 남편의 늙은 몸을 확인하고 강한 거부감과 수치심을 드러내지만, 남편의 나이든 육체를 통해 서로의 삶을 이해하고 남편을 연민의 대상으로 재인식하게 되는 것이다.

<마른 꽃>에서의 '나'는 어느 날 거울에 비친 자신의 몸을 보고 소스라치게 놀란다. '나'는 죽는 날까지 거울뿐만 아니라 그 누구에게도 자신의 몸을 보이지 않겠다고 다짐한다. 나에게 있어서 나이를 먹어가는 사람은 타자, 즉 타인들에게 보여지는 나이다.[111] 거울에 비친 늙은 몸은 바로 자신으로, 그녀는 자신의 명백한 노화를 실감하고 모욕감을 느낄 수밖에 없었으며, 이러한 몸에 대한 인식은 조박사와의 뒤늦은 만남에도 영향을 미쳤다. 조박사와의 만남은 환갑의 그녀를 새롭고 가슴 설레게 해주었다. 그러다 거울을 통해 자신의 현재 몸을 인식하고 나자 비로소 진지하게 조박사와의 관계를 고민한다. 그것은 그녀의 노년이 자신의 늙은 몸으로 인해 통제받는다는 사실을 명확하게 보여준다. '나'는 기름기 없는 처진 속살과 너무도 뻔 한 늙음의 속성들에 조박사와의 결혼을 재고의 여지도 없이 단념하고 만다.

> 몸에서 물이 떨어져 발밑에 타월을 깔고 뻣뻣이 서서 전화를 받다말고 나는 하마터면 아니 저 할망구가 누구야! 하고 비명을 지를 뻔했다. …… 나는 세 번 임신했고 삼남매를 두었지만 실은 네 아이를 낳아 기른 거였다. 세 번째 임신이 쌍둥이였다. 그 중 아우를 돌 안에 잃었다. 쌍둥이까지 밴 적이 있는 배꼽 아래는 참담했다.

110) 전홍남, 「박완서 노년소설의 시학과 문학적 함의(II)」, 앞의 논문, 116~117쪽.
111) 시몬 드 보부아르, 앞의 책, 393쪽.

볼록 나온 아랫배가 치골을 향해 급경사를 이루면서 비틀어 짜 말린 명주빨래 같은 주름살이 늘쩍지근하게 처져 있었다. 어제오늘 사이에 그렇게 된 게 아니련만 그 추악함이 충격적이었던 것은 욕실 안의 김 서린 거울에다 상반신만 비춰보면 내 몸도 꽤 괜찮았기 때문이다.112)

거울을 통해 보는 자신의 "볼록 나온 아랫배가 치골을 향해 급경사를 이루면서 비틀어 짜 말린 명주빨래 같은 주름살이 늘쩍시근하게 처져"있는 환갑의 몸은 끔찍하다 못해 추악하기까지 하다. 거울은 형체를 고스란히 비추고 복제해 내는 기능을 한다. 그러나 문학에서 거울은 미처 알지 못했던 자신의 겉모습뿐만 아니라 내면까지도 정확하고 분명하게 인식할 수 있도록 하는 기능을 가진다. 거울은 늙고 쪼그라든 육신을 비추어 노쇠한 자신을 마주하게 하여 '나'로 하여금 빠져나올 수 없는 절망의 상태로 치닫게 하는 것이다. <너무도 쓸쓸한 당신>에서는 그녀가 남편의 늙은 몸을 확인하고 강한 거부감과 충격을 받는데, 여기서 남편의 몸은 그녀에게 자신의 몸을 비춰주는 거울과 같다고 이해할 수 있다. 그녀는 남편의 몸에 충격을 받는데, 이것은 남편의 볼품없이 마르고 빈약한 하체를 통해 자신 역시 늙었다는 사실을 깨닫기 때문이다.

우리는 늙어가는 자신을 우리 존재 속에 있는 타자라고 생각한다. 그렇기 때문에 타인을 통해 우리 자신의 나이를 알게 되는 것은 당연한 일이다.113) 자기나 타인의 늙은 몸을 인식하는 것은 현재의 자기

---

112) 박완서, <마른 꽃>,『너무도 쓸쓸한 당신』, 앞의 책, 34쪽.

모습과 마주하고 깨닫는 시간이라 할 수 있다. 노인은 타인의 관점에 쉽게 굴복하고 그들을 통해서 자신이 늙었음을 깨닫는다. 특히 노년 여성은 자신의 '보여지는' 몸에 예민하다. 노년여성은 자신의 늙은 육체, 주름지고 처진 뱃살을 적나라하게 보는 것을 극도로 꺼리며, 누구에게도 보여주고 싶어 하지 않는다. 노년여성은 몸을 통해 어쩔 수 없이 받아들여야만 하는 노년의 냉정한 현실을 깨닫기 때문이다. 노년 여성은 자신의 늙은 몸을 비롯하여 남편의 늙은 몸 역시 혐오하며 참담해하고, 여성으로의 성정체성에 회의를 품고 혼란스러워 한다. 노년여성은 육체적 노화가 심리적 노화로 직결되어 나타나며, 노화는 당사자보다 타자와의 비교를 통해 더욱 분명하게 깨닫게 된다. 노인은 스스로 주체가 되지 못하고 자신의 늙음을 타인의 관점을 통해 인지하고 쉽게 굴복하여 왔다. 노년여성을 바라보는 시각 역시 육체, 즉 늙은 몸에 관심을 집중함으로써 은연중에 그들을 여성이 아닌 "무성(無性)의 존재"[114]로 치부하는 문제점이 드러난다.

박완서는 노년의 몸에 대한 인식을 적나라하게 보여주어 독자로 하여금 당혹스러운 낯설음을 느끼게 한다. 그녀는 "늙은이 너무 불쌍해 마라, 늙어도 살맛은 여전하단다. …… 쓰고 불편한 것의 맛을 아는 게 연륜이고, 나는 감추려야 감출 길 없는 내 연륜을 당당하게 긍정하고 싶다"[115]고 하였다. 그녀는 소설에서 노인들도 보편적인 삶을 누리고

---

113) 시몬 드 보부아르, 앞의 책, 399쪽.
114) 김소륜, 앞의 논문, 272쪽.
115) 박완서, 「서문」, 『너무도 쓸쓸한 당신』, 앞의 책, 6쪽.

인정받아야 하며, 젊은 사람들과 다름없는 인간적 존재로 인식되어야 함을 반복해서 이야기하고 있다. 그녀의 작품에서 마주하게 되는 노년의 늙은 몸은 당혹스럽고 처참함에도 노년을 이해하기 위해서는 반드시 필요한 과정이라 하겠다.

## 2) 노인의 주체적 삶에 대한 지향

삶을 돌아보는 것은 노년의 사람들이 자신과의 평화를 찾기 위해 자신의 과거와 마주해야 하는 복잡한 현상일 수 있다.[116] 특히 노년 소설에서 등장인물들은 과거에 대한 기억을 통해 현재의 삶을 통찰하게 되고, 삶에 대한 자신의 다양한 견해를 드러낸다. 소설의 중심에는 과거와의 연속성을 굳게 견지하려는 인물이 등장하며, 이는 현실의 급속한 변화에도 불구하고 여전히 완강하게 자신을 유지하고자 하는 태도의 소산이다.[117] 김성옥의 <겨울소나무>에 등장하는 황노인이 바로 과거의 기억과 연속성을 유지하려는 인물에 해당한다. 작품에는 자식과 갈등을 겪다 홀로 나와 사는 황노인과 그의 친구인 노인들이 등장한다. 황노인은 고물을 주워 모으는 취미가 있었고, 그걸로 인해 아들 내외와 갈등을 겪다가 집을 나간다. 황노인이

---

116) Life review, as Robert Butler calls it, can be a complex phenomenon in which older people feel forced to confront the ghosts of their past in order to make peace with themselves. (Anne M. Wyatt-Brown & Janice Rossen, *op. cit.*, p.6.)
117) 김윤식 외, 『한국현대문학사』, 현대문학, 2014, 625~626쪽 참조.

모은 것은 고물이 아니라 가난한 시절의 쓰디쓴 기억이었던 것이다. 황노인은 서울 변두리에 거처를 마련하고 여자까지 얻어 함께 살고 있었는데, 정노인과 배노인은 자신이 살고 싶은 대로 자유롭게 사는 황노인을 부러워한다.

노인들은 터놓고 말을 하지 않으며 망설이며 겁이 많다.[118] 그것은 노화와 자식에 의존한 삶으로 인한 자존감의 상실에서 오는 것으로 스스로도 인식하지 못하는 사이에 숨죽이며 조심조심 살아가는 습성 때문이다. 조금은 답답해 보이고 안타까울 수 있지만, 정노인과 배노인의 삶은 겉모습과 달리 초라하고 애처롭다. 겉으로는 행복해 보이는 정노인과 배노인이지만 사실 그들은 자식들이 원하는 대로만 사는 껍데기뿐인 노년을 보내고 있다. 그들은 고급 아파트에 살고 있지만, 그곳은 노인들의 고독과 자식에 대한 서러움만 남은 참담한 곳이다. 반대로 황노인은 비록 자식과의 갈등으로 아예 집을 나와 살고 있지만, 자신이 원하는 대로 만족스러운 노년을 보낸다. 아직 건강한 노인들은 자신이 원하는 대로 삶의 정점을 살아보고 싶은 마지막 소원을 꿈꾼다.

당시에는 황노인의 독립이 낯설고 무모한 선택으로 인식되기도 한다. 그러나 최근 노인의 생활을 살펴보면 자녀나 가족 중심보다는 노인 개인의 삶을 중심으로 빠르게 변화하는 것을 알 수 있다. 신노년층의 삶에는 가족, 자녀는 별로 등장하지 않고, 독립성이나 자아실현이 중요한 가치로서 제시된다.[119] 노인들은 어느 정도의 경제적 자립을

---

118) 시몬 드 보부아르, 앞의 책, 153쪽.

바탕으로 자기 자신이나 부부의 삶을 위주로 생활하고, 자식들의 간섭이나 통제를 받지 않으며 독립적인 생활을 영위할 수 있게 되었다. <겨울 소나무>에 등장하는 황노인은 외골수적이고 막무가내인 면도 있으나, 그는 자식에게 기대거나 부담이 되지 않고 정신적으로나 경제적으로 독립적이고 자유롭게 자신의 의지대로 산다. 때로는 노인의 고집이 자식과 갈등을 일으키기도 하지만, 그는 자신들의 선택이나 삶을 끝까지 책임지고 있다는 점에서 시시받을 만하다고 본다. 노인의 독립적인 삶의 방식이 인정받게 되기까지 황노인의 노력은 그 과정을 충실하게 이행하고 있다는 점에서 의미가 있다.

1990년대 노년소설 중에는 노인들의 삶을 보여주는 방식으로 직접적인 정보를 극히 제한하고 주로 인물들의 행동이나 대화를 통해서만 알려주는 작품도 있다. 이러한 제한된 전달방식은 노인의 의식과 견해를 더욱 분명하게 드러내주고 있으며, 노인에 대한 섣부른 동정이나 감정이입을 차단하는 특징을 보인다. 윤정선의 <해질녘>[120]은 젊은 날 오해로 헤어졌던 연인이 노년이 되어 다시 만나 삶과 사랑, 죽음 등에 관한 이야기를 대화를 통해 들려주는 내용이다. 두 등장인물이 되짚어보는 과거와 현재의 삶에 대한 의지를 담담하게 대화체로만 표현해낸 특징이 있다. 군소리를 전혀 섞지 않고, 묘사와 서술을 극단

---

119) 정경희 외, 『노인문화의 현황과 정책적 함의』, 한국보건사회연구원, 2006, 93~94쪽.
120) 윤정선의 <해질녘(1992)>과 <사랑이 흐르는 소리(1994)>는 발표연대가 다르지만, 작품의 내용과 서사구조가 거의 일치하므로 먼저 발표된 <해질녘>을 분석대상 작품으로 삼고자 한다.

적으로 배제한 간결성이 돋보이는 작품이다.[121] 노인들은 늙을 수 있
는 것이 어쩌면 "특혜"라는 그들만의 분명한 삶의 철학이 있으며 그들
의 시선과 의식을 가지고 삶을 통찰한다. 두 노인은 너무 젊고 어려서
서툴렀던, 서로에게 솔직하지 못했던 자신들의 사랑을 이야기하고,
각자 자식들에게 부담을 주지 않기 위해, 혹시나 자식들 곁에서 더 외
로워질지도 모른다는 염려로 혼자 사는 현실을 고백한다.

> 「세상에서 가장 믿을 수 없는 황당한 일이 바로 죽음이에요. 죽
> 음을 믿는 인간들이야말로 '가장 믿을 수 없는 것'을 믿는 존재죠.
> 그런데 다른 그 무엇을 못 믿겠어요?」
> 「딴은 그래. 누구에게나, 어느 문화 속에나 있는 끈질긴 내세에
> 의 열망…… 그러나 우리가 이 현상의 세계에서 보고 있는 것들은
> 모두가 우리는 사라져야 한다고 가르쳐요. 이야말로 모든 사람들
> 에게 정신분열증을 일으킬 수밖에 없는 문제요.」
> 「정말 어떻게 받아들이란 말에요. 우리가 없어진다는 거. 이렇
> 게 생각하고 슬퍼하고 기뻐하고 애쓰고 있는, 바늘끝 하나만 닿아
> 도 몸서리치게 아파하는, 우리가 휘익, 거짓말처럼 사라진다, 그게
> 믿어져요? 우리가 실은 그 어떤 실체도 아니고 다만 하나의 '거짓
> 말'에 불과했다, 그게 믿어지냐구요?」[122]

노인들의 대화에서 주된 관심사는 '죽음'으로, 죽음에 대한 그들의
대화는 솔직하고 충격적이다. 사실 노년소설은 기본적으로 텍스트 전

---

121) 이재선, 「인간을 투시하는 긍정적 시선」, 『제16회 이상문학상 수상작품집』, 문
학사상사, 1992, 455쪽 참조.
122) 윤정선, <해질녘>, 『제16회 이상문학상 수상작품집』, 앞의 책, 311쪽.

면에 직·간접적으로 죽음이 나타나고 노년의 인물이 죽어가는 과정을 보여주는 것에 집중해 있다고 해도 과언이 아닐 것이다. 그만큼 노년의 이미지는 죽음과 연결되어 곧 닥칠 죽음을 담담히 또는 어쩔 수 없이 받아들이는 모습을 보여준다. 사람은 누구나 자신의 생명에 대한 애착을 가지고 있기 때문에 노인이라도 죽음은 두려운 일이다. 죽음에 대한 공포를 가장 많이 느끼는 층은 중년층(45~54세)이고, 노인층(65~74세)은 오히려 가장 공포를 적게 느끼는 것으로 조사되었다.[123] 그것은 중장년층이 죽음을 생각하는 경우보다 노인층이 죽음을 생각하고 대비하는 시간이 상대적으로 많기 때문인 듯하다. 중장년층에게 죽음은 먼 이야기로 식접적으로 느끼지 못한다면 노인은 몸의 노화와 더불어 자신의 죽음에 대하여 많이 생각하게 되고, 그러면서 서서히 죽음을 준비하고 수용할 만큼의 여유를 갖게 되는 것이다. 이 작품의 노인들도 죽음이 자기의 "연원(淵源)"을 찾아가는 일이라는 죽음에 대한 그들 나름의 견해를 진술한다.

「모든 종교가 자살을 죄악으로 치는 걸 어떻게 생각해요?」
「종교란 원래 인간이 머리를 꼿꼿이 쳐드는 걸 가장 싫어하잖소. 그 눈으로 보면 자살이야말로 가장 겸손하지 못한 인간, 그러니까 극악한 인간이 선택하는 죽음인 거예요. 자신을 위해 준비된 고통의 몫을 다 끝내기 전에, 배역이 마음에 들지 않는다고 공연중에 퇴장하는 배우 같은 녀석이지. 그야말로 운명 앞에 선 인간이 부릴 수 있는 마지막 허영과 사치……」

---

123) 서혜경, 『노인 죽음학 개론』, 경춘사, 2009, 58쪽.

「그러나 사냥개들에 몰린 짐승처럼 쫓기는 인간이 고통에 대해 행사하는 마지막 거부를 오만으로 몰아붙이는 것 역시 잔혹이에요. 그것이 비록 영혼을 구제하는 신의 참담한 실패를 뜻할망정.」

「그렇담 안락사는 어떻소? 찬성하오?」

「죽음이 확실하고 본인이 진정으로 원할 경우에 한해서…… 인간에겐 고통을 거부하고 품위를 선택할 권리가 주어져야 하지 않을까요?」[124]

노인들은 경제적으로 또는 가족들에게 짐이 되지 않으려 스스로 목숨을 끊기도 한다. 그들은 "자살이야말로 한 인간이 자기 삶에서 취할 수 있는 가장 적극적인 결단"[125]이라고 인식한다. 자살할 수 있는 권리는 인생에서 마지막으로 행하는 의지이겠지만, 자연의 섭리를 거스르는 것으로 일반적으로도 그렇고 종교적으로도 부정적이고 꺼리며 금기시하는 일이다. 노인들은 인간이 품위를 선택할 권리를 위해서도 자살이나 안락사는 필요하다는 견해를 피력한다. 물론 자살이나 안락사는 남용되는 것이 아니라 최대한 미루어져야하는 마지막 보루로 선택되어야 한다고 본다. 노인들은 자신들이 곧 죽을 것이라는 사실을 인지하게 되면서, 죽음은 노인들의 삶 전체에 영향을 미치고 지배하기 시작한다. 대부분의 노인들은 늙고, 할 일을 잃는 것에 무기력하게 되고 그로인해 복잡하고 혼란스러운 상태를 겪는다. 노인은 어느 순간 일상적 즐거움과 삶의 의미를 느끼지 못하게 되면서 우울감과 고

---

124) 윤정선, 앞의 책, 316쪽.

125) 이정우, 「죽음은 자연으로의 회귀이다」, 『철학, 죽음을 말하다』, 산해, 2004, 276쪽.

독에 빠진다. 거기에 노인이 사회로부터의 소외와 단절의 상황까지 감당해야 한다면 그것은 자연스런 죽음이기보다는 자살이란 극단적인 선택을 초래하는 경우도 발생하게 된다. 그것은 노인이 고독과 삶에 대한 두려움을 혼자서 감당하고 극복하기에는 분명 한계가 있기 때문이다.

> "늙어서는 누구라도 죽고 싶은 유혹을 얼마쯤은 갖지. 우선 늙어서 추하게 변하는 자기 육체에 대한 절망감과 세상에서 소외되는 고독 때문이겠는데, 실은 이제 곧 자신은 죽게 된다는, 그것은 무엇으로도 해결할 수 없는 막다른 골목이라는 점이 더 큰 절망을 안겨주지. 그래서 사람들은 마지막까지 세상에서 자기 권한을 행사하기 위해, 자기 목숨을 스스로 끊으려고도 생각하겠지. 그러나 그것은 허욕이야. 그래도 주어진 명을 받고 무심히 살다가 어느 날 자신도 모르게 가는 것이 인간의 도리야. 제 마음대로 세상에 태어난 것이 아닌 것처럼……"126)

현길언의 <죽음에 대한 몇 가지 삽화>에 등장하는 노인의 충고를 통해서 죽음과 자살에 대한 또 다른 견해를 알 수 있다. 고혈압으로 쓰러졌다 기적처럼 다시 일어난 노인은 다른 사람의 도움을 모두 거절하고 동네 사람들의 수군거림에도 아랑곳하지 않으며 혼자서 산책을 다닌다. 그러다 어느 날 이웃할머니가 아파트에서 뛰어내려 자살을 하는 사건이 일어나자, 노인은 그동안 누구에게라도 하고 싶었던 말들을 침을 흘려가며 쏟아낸다. 노인은 "건방지게" 죽었다고 투신자살

---

126) 현길언, <죽음에 대한 몇 개의 삽화>, 『유리벽』, 문학과지성사, 2011, 167쪽.

한 노파를 못마땅해 하며 '나'에게 자신의 죽음에 대한 신념과 삶에 대한 최소한의 예의에 대해 반신불수의 노인만이 토로할 자격이 있는 사상을 토해낸다. 노인은 자신과 같은 막다른 처지에서야 자살하는 것이 훨씬 낫지만, 그것은 욕심이라는 것이다. 작가는 죽음이 가까워졌을 때 진정한 마음의 평정을 유지하는 일이 얼마나 어려운 일이며, 또한 사는 문제를 인간의 시간으로 재는 것은 지나친 욕심임을 노인을 통해 주장한다. 50대 중반에 접어든 작가의 죽음에 대한 신념과 관념이 노인의 입을 통해 솔직하게 역설되고 있다.

노인들은 죽음을 몸서리치게 두려워하고, 죽음이 가까운 삶을 잔인하다고 말한다. 왜냐하면 죽음은 삶과 그 외 모든 질서의 붕괴로 누구도 예외가 있을 수 없는, 모든 총체성의 해체이기 때문이다. 노인은 "자신의 죽음이 자녀나 배우자 등의 가족들에게 미치는 영향을 두려워하는 경향이 높"[127]은데 그것은 죽음 그 자체보다도 가족들에게 짐이 되거나 염치없는 존재로 여겨질 것을 걱정하는 것이라 할 수 있다. 노인이 스스로 인간적 존엄을 지키고 유지하는 노년의 삶에 대한 우리의 인식은 매우 부정적이다. 노인들의 대화를 통해 사람들에게 불편하게 인식되는 노인의 삶과 그들도 어쩔 수 없는 삶 사이에서의 갈등이 속속들이 드러난다. 노인들의 의식과 견해에는 활기가 있지는 않지만 나름의 깊이와 연륜이 배어있음을 짐작할 수 있다.

---

127) 윤가현 외, 「죽음의 불안과 노화과정」, 『한국노년학연구』 16, 한국노년학연구회, 2007, 161쪽.

「…… 포르노는 젊고 싱싱한 젊은이들의 육체로만 가능하다
는……..」

「아하!」

「그땐 내가 아주 젊다고 생각하고 있었는데도, 이상하게 가슴이
아팠어요. 마음에 무엇보다 걸리는 건 사진을 보고 혐오를 느꼈을
수많은 사람들이 아니라 자기들보고 추하다고 아우성치는 세상을
보았을 때 그 노부부가 받았을 상처와 충격이었죠. 둘이 해로하면
서 정신뿐 아니라 육체의 사랑까지도 계속 나눌 수 있다는 사실에
자랑스럽고 뿌듯했었을텐데 말예요.」

「…… 그랬겠지.」

「사람들은…… 그러니까, 삶이란, 얼마나 잔인한 걸까요?」[128]

노년의 성과 노부부의 정사는 겉으로 드러내기를 꺼리는 주제이다.
노인들은 텔레비전의 광고에 등장한 노부부의 정사장면에 대한 세상
의 충격적인 반응을 전하며, 다른 누구보다 더 상처받았을 노부부를
걱정하고 있다. 세상을 향해 노부부가 표현하고자 했던 자신들의 해
로와 건강한 삶에 대한 자부심은 여지없이 무너져 버렸다. 노인인 그
들에게 조차 노년의 성은 낯설고 당혹스러운 것이며, 세상은 그들보
다 더 잔인하게 노년의 성과 정사를 거부한다. 젊은이들에게는 아름
답고 자연스러운 성이나 정사가 노인에게는 추하고 혐오스러운 것으
로 치부되는 현실을 꼬집고 있는 것이다. 그들은 시간이 지남에 따라
나이를 먹고, 육체가 늙어가는 것이 당연한 것처럼 노인도 역시 인간
으로 사랑을 할 수 있다는 사실을 자연스럽게 받아들여야 함을 이야

---

128) 윤정선, 앞의 책, 306쪽.

기한다. 노인들의 대화를 통해 노년의 성과 사랑에 대해 더 이상 무관심으로 일관할 수 없으며, 이제는 그것을 인정해야한다는 의견을 제시한다.

노인들의 사랑과 그 사랑에 대한 자식들과의 갈등이 드러난 작품으로 이동하의 <짧은 황혼>이 있다. 백여 명이 넘는 노인회관 안에는 공식, 비공식 커플들이 여러 쌍 등장한다. 아흔이 넘은 한 쌍이 자손들의 공인을 받아 함께 사는 경우도 있다. 반면 남여사는 다달이 파출부 사례금 정도만 받고 김교장의 수발을 맡겠다는 현실적인 제안을 하지만, 아들의 반대로 뜻을 이루지 못한다. 황씨와 여주댁도 자식들의 반대로 그들의 노년을 함께 하지 못하고 있다. 노인들의 "서로 등 기댈 수 있는 사람과 편안하게 사는 날까지 살고 싶다는" 소원은 그들의 기대만큼 간단한 문제가 아니다. 자식들에게는 여전히 노인들의 사랑이 순수하지 못하다는 인식이 깔려있어 받아들이기 어렵고, 부양에서도 양쪽 집이 공평하게 모시거나 어느 한쪽이 돌아가셨을 경우까지 염두에 두어야하기 때문에 노인들의 사랑은 현실적으로 복잡하고 이루어지기 힘든 일이다.

<해질녘>에서 노인들의 대화는 끊임없이 이어지지만, 어떤 결론을 내거나 주장을 하지는 않는다. 또한 그들의 대화에는 무수한 말줄임표가 있다. 말을 하지 않아도 이해할 수 있는, 말을 하지 않음으로써 더 많은 의미를 담아내는 효과를 절묘하게 이용하는 것이다. 자세히 알려주는 보충설명이나 내면을 드러내는 표현이 없으면서도 대화와 말줄임표를 통해 더 많은 이야기를 하고 여운을 준다. 노인들의 대화

에 나오는 볼테르의 말처럼 "젊음이 조금 더 알 수 있고, 노년이 무엇인가 할 수 있다면" 노년의 삶은 달라질 수 있으며, 더불어 사회적으로도 긍정적인 변화를 이끌어내게 될 것이라는 메시지를 효과적으로 전해주고 있다.

1990년대 노년소설은 노인을 내세워 인간 존재에 대한 고민과 문제에 접근하고, 노인을 향한 고정적이고 획일화된 편견이 진보적인 시각으로 변모하였음을 확인할 수 있다. 노인들은 가족에게 의지하지 않고 정신적으로 독립하려는 노력을 끊임없이 시도하며 노년의 자기 주체성을 확립하고 인정받고자 한다. 노인들은 주도적으로 자신의 노년을 받아들이고 책임지며, 오랜 세월 살아오면서 쌓은 그들만의 견해를 피력한다. 노인들은 노년의 삶에 대한 자기 인식을 수시로 확인하며 살아가는 모습이다. 인간은 자기 존재를 유지하고자 하는 노력 가운데서 자신을 인식하고 파악하며 자신을 확인한다.129) 이 시기 노인들은 자신들도 한 사람의 주체적인 인간으로 인정받고, 젊은 사람들과 다름없는 보편적 삶을 추구할 권리가 있음을 인식하게 되었다. 그들은 가족과 사회로부터 독립하여 자신들의 의지대로 선택한 삶을 살고자 노력한다. 노인도 한 사람의 인격체로 노년의 삶을 추구하고 누릴 권리가 있으며, 늙음에 대한 고뇌와 두려움을 통해 그들에 대한 인간적인 이해를 유도하고 있는 것이다.

---

129) 강영안, 앞의 책, 167쪽.

## 2. 노인의 현실인식과 대응 양상

### 1) 부정적 현실에서의 개인적 대응

1980년대 노인부양에 대한 불만이 개인적·사회적 차원에서 근본적이고 체계적인 해결책이 제시되지 않은 채 1990년대가 되면서 노인은 더욱 열악한 상황에 처하게 되었다. 노인들의 평균수명은 길어졌고, 상대적으로 일자리는 줄어들어 경제적, 생산적 능력을 상실한 그들이 설 자리는 점점 줄어들었다. 노부모의 부양책임이 자녀의 의무로 이해되었던 기존방식에 대한 자녀세대의 불만이 폭발적으로 증가하고 표출되었다. 노인 스스로가 자신의 주체를 객관적으로 인식하기 이전에 자식을 포함한 타인이 편견의 시각으로 노인을 규정하는 오류는 심각한 노인문제를 초래하게 된다. 노인에 대한 부정적 평가는 그들의 존재 자체를 거부하고 부정하기에 이르고, 결국 그들을 죽음으로 내모는 원인이 되는 것이다.

송하춘의 <청량리역>은 사람들이 많이 오가는 환승역 대합실에 버려진 할머니의 이야기다. 아들과 며느리는 노모를 유기하고 차례로 대합실을 떠났다. 노모는 "세상일과는 무관한 표정"으로 눈을 감고 다른 사람들에게 발견될 때까지 어딘가로 떠나지 않고 그대로 있었다. 노모는 자기가 갈 수 있는 곳이 어디에도 없다는 사실을 알고 있었을 것이다. 노모가 대합실에 웅크리고 있던 동안 그녀의 손자가 군에서 휴가를 나와 그곳을 지나갔고, 경찰들은 동료의 징계이야기를 하느라 아무도 그녀를 인식하지 못했다. 오히려 노모를 버리고 달아나던 며느리를 본 열두서너 살 여자아이의 제보조차 묵살되고 만다. 철도역이자 지하철 환승역인 청량리역은 사람들의 왕래가 많은, 무관심이 팽배한 공간으로 노모를 유기하기에 알맞게 투영된 공간이다.

> 그들은 그것이 치워야 할 물건이지, 아닌지를 놓고 한바탕 왈가왈부했었다.
> 「누가 몰래 버리고 갔능갑만, 얼른 치워 버려야 쓸 것인디.」
> 그렇게 말하는 사람은 아무래도 나이가 젊은 축이었다. 그러나 약간만 늙수그레한 사람이면 그보다는 훨씬 신중한 편이었다.
> 「산송장인가? 임자 있는 물건이고만 그러네.」
> 대낮에 이런 데서 산송장을 보는 일이란 그들에게 어려운 일이 아니었다. 그나마 오늘은 자식이 어미를 버렸기 망정이지, 어미가 자식을 버리는 일조차 요새는 심심찮게 보던 것이다.[130]

노인을 발견한 사람들은 할머니를 거리낌 없이 "물건"이라 칭하고, 그나마 아이가 아니라 살만큼 산 할머니가 버려진 것이 다행이라는 소견까지 거침없이 표현한다. 노모는 한 사람으로 인식되기 보다는 물건으로, 효용 가치에 따라 분류될 뿐이다. 할머니의 존재를 보고받은 순경은 사무적이고 냉정하게 업무처리를 하고, 노모는 역 광장에서 그녀를 버리고 간 여자가 있다고 사람들이 잡으러 뛰어나가자 처음으로 당황한다. 그러나 사람들이 허탕을 치고 돌아왔을 때는 이미

---

130) 송하춘, <청량리역>, 『제17회 이상문학상 수상작품집』, 문학사상사, 1993, 168쪽.

그녀가 자살을 한 뒤였다. 노모는 자식들의 공모로 버림받게 되고 자식의 범죄가 탈로가 날 위기에 처하자 약을 먹고 자살한 것이다. 노모는 혹시나 자신을 버린 며느리와 맞대질 이라도 하게 될까 봐, 그래서 아들과 며느리가 곤란한 지경에 처할까봐 스스로 목숨을 끊는 선택을 하였다. 그러나 사람들은 그녀가 왜 죽었는지, 누가 죽였는지 관심이 없고 오직 자기들의 살아갈 일만을 걱정하며 각자의 길로 빠르게 흩어진다.

> 「말하지 말았어야 하는 건데, 맞대질을 시키겠다고, 누가 말했었지?」
> 「연고자가 나타났을 땐 별수없는 일이었지 않습니까?」
> 「아냐, 내가 서툴렀다. 자식은 아무한테나 불지만, 부모는 절대로 불지 않거든. 잡힐 때까지 말하지 않는 게 좋았다.」[131]

경찰의 말대로 자식은 아무한테나 불지만, 부모는 절대로 밝히지 않는다는 것을 입증시켜주듯 노모는 자살을 선택한 것이다. 자식을 위한 노모의 선택은 한 치의 망설임도 없이 신속했다. 노모는 처음부터 아들 내외가 자신을 유기하려는 속셈을 알고 있었으면서도 조금도 저항하지 않고 마치 모든 일에 무관심한 듯 가만히 내버려 두었다. 경찰이 소지품 검사를 하다 알약을 발견했을 때, 노모는 "수면제라오. 당최 잠을 이루지 못해요."라며 분명하게 대답하는 걸로 미루어 정신에 이상이 있지도 않다는 것을 짐작할 수 있다. 아들 내외는 노모를 버

---

131) 위의 책, 175쪽.

렸지만, 노모는 끝까지 죽음을 택하는 모성애를 발휘하여 자식들을 곤란한 상황에 빠지지 않도록 지켜주었다. 노모는 더 이상 자식들과 함께 살 수 없는 현실을 인식하고 마지막으로 자식들을 위해 신속하고 적극적인 결단을 내린 것이다. 이러한 노모의 선택은 지극히 개인적이라 할 수 있다. 노모는 자신의 부정적 현실을 다른 사람이나 사회의 도움 없이 혼자서 감당할 수밖에 없었던 것이다.

송하춘의 <청량리역>은 마치 역 안과 밖을 위에서 조망하는 듯한 작품이다. 기차가 도착하고, 사람들이 쏟아져 나오고, 들어가는 사람들이 엉키는 역사 안에 보따리처럼 웅크리고 앉아 있는 노인과 멀리 벽 가까이 잡담을 나누느라 정신없는 경찰관들, 성의 없이 청소를 하고 지나가는 아주머니 등의 모습을 한눈에 보여주듯 서술되어 있다. "시간 예술인 소설을 흡사 청량리역 건물처럼 공간 예술로 착각케 만들 정도"[132]로 역이라는 공간에 대한 서술적 묘사가 탁월한 작품이다. 이러한 시각적 거리만큼 노인을 바라보는 주변의 시선이나 대응도 무심하고 형식적임을 강조한다.

김별아의 <끝나지 않은 노래>도 아들 내외에게 버림받은 노모가 등장한다. 석이네는 젊어서 히빠리로 살았다. 아들 석이를 데리고 그녀가 할 수 있는 일은 외국인에게 몸을 파는 일뿐이었다. 그녀는 오직 석이를 위해서만 살아왔고, 이제는 석이가 장가를 가 손주를 안아보고 싶은 욕심을 품는다. 석이가 결혼을 한 후, 석이네는 자신의 과거를

---

132) 김윤식, 「세상이란 동물의 급소 찾기」, 『제17회 이상문학상 수상작품집』, 앞의 책, 411쪽.

다 알고 있는 며느리의 노골적인 폭언과 멸시를 참고 견디었다. 그러나 며느리는 석이네를 "쓰레기봉지"같이 공원에 유기했다. 석이네는 보호소로 보내진 후, 석이를 "파렴치한"으로 만들 수 없다는 생각에 아무 말도 하지 않는 반벙어리를 자청한다.

> "노인네가 찾아왔어. 못 찾을 줄 알았는데 질기기도 하지……"
> "그래서 지금 어디 있어?
> "저기 골방에. 참, 이사까지 하고 했는데 동네 새 이웃들이 알까 봐 걱정도 되고, 정말 속상해 미치겠어."
> "밥이나 제때 넣어 드려. 저 노인네 맨날 골골하니까 얼마 남지 않았을 거야."
> "그러다 노망이라도 들어 벽에 똥칠하면 어떡해? 난 정말 그런 꼴 못 봐!"
> "그거야 그때 생각하고…… 니가 좀 참아봐."[133)]

경찰은 석이네의 지문으로 이사 간 석이의 주소를 추적하여 석이네를 데려다 주었다. 며느리는 석이네를 쳐다보지도 않고 짐짝을 쌓아 둔 골방에 처박았다. 아들 내외는 공원에 노모를 버리고 이사까지 했으며, 다시 찾아온 노모에게 여전히 무례하고 뻔뻔스러운 태도를 보인다. 석이네는 결국 아들 석이에게 심한 배신감을 느끼고 절망한다. 석이네는 죽고 싶다는 절박함으로 다시는 돌아오지 못할 길을 나서는 것으로 이야기는 끝난다.

늙고 병든 노인은 자식들 앞에 굴복할 수밖에 없다. 자식들의 부당

---

133) 김별아, <끝나지 않은 노래>, 『창작과 비평』, 1993. 가을호, 240쪽.

하고 무례한 억압과 요구에 분노하기도 하지만, 자기 방어력을 상실한 노인들은 어떠한 저항도 하지 못하고 그들의 처지를 감당하기만 한다. 오히려 노모는 자신으로 인해 자식들이 곤란해질까 봐 입을 다물고 자살을 선택하기까지 하는 것이다. 송하춘의 <청량리역>, 김별아의 <끝나지 않은 노래>의 노모들은 자식들에게 필요하지 않은 존재로, 그들의 삶에 방해가 되는 존재로 인식되어 버려진다. 노모는 자신을 버리려 한다는 의도를 알면서도 짐을 꾸려 집을 나오고, 자식들이 선택한 장소에 버려진다. 노모는 자식의 학대에도 그들과 떨어져 나가는 것만은 두려워, 죽지 않을 만큼 먹고 가장 작은 소리로 숨을 쉬고 가장 가볍게 걸으며 모든 생존의 조건을 최소화하여 버텼지만 소용이 없었던 것이다. 노모는 "얼른 치워야 할 물건"이나 "쓰레기봉지"로 인식되어 아들 내외의 공모 아래 가차 없이 버려진다. 자식들은 그들의 삶만을 중요하게 생각하고 노모를 방해가 되는 존재로 규정하였기 때문에 그들을 지하철역이나 공원에 유기하는 패륜을 저지르면서도 양심의 가책을 느끼지 못한다. 자식들이 생각하는 가족의 범위 안에 노모는 없으며 그들에게 노모는 마치 이물질과 같은 존재로, 빼내도 표 나지 않고 오히려 속이 시원한 존재로 인식될 뿐이다.

두 작품에 등장하는 노모들은 자신들의 부정적 현실을 정확히 인지하고 있다. 노인들은 그들이 그저 '살아있는' 부양의 대상으로 치부되고, 자식들에게 무능한 존재로 종속되어 있음을 알고 있었다. 그러나 그들이 자식들의 처분을 무기력하게 수용하는 것은 그들의 입장에서 아무 것도 바꿀 수 없다는 것을 알기 때문일 것이다. 자식들은 노모의 지나온 삶을 철저히 무시하고 현재의 자기들만을 중요시하는 이기주의적 성향을 드러낸다. 이것은 노모가 마지막 순간까지도 죽음을 선택하며 자식들의 안위를 걱정하고 지키려는 모성애와 명백한 대비를 이룬다. 평생을 자식 하나만을 위해 자기의 모든 것을 희생했던 노모의 삶이 하찮게 평가되면서 노인의 자살로 이어진다. 이를 통해 노인이 개인적으로 감당하고 대응해야하는 노인문제의 현실을 고발한다. 1990년대 노년소설은 사회적으로 확대되어 드러나는 노인문제의 현실에 대한 실질적인 도움이 필요함을 지적한 것이라 하겠다.

## 2) 노인복지시설에서의 능동적 생활

노부모의 부양책임이 자녀의 의무로 이해되었던 전통적인 방식에서 벗어나 핵가족화와 사회구조의 변화 등으로 사회적 차원에서 적극적인 대처가 이루어지기 시작했다. 1990년대는 노인복지시설134)이 본격적으로 체계화되어 운영된 시기였다. 이 시기 노인들은 일제강점

---

134) 노인복지시설은 크게 노인주거복지시설과 노인의료복지시설로 나눌 수 있다. 노인주거 복지시설에는 양로원이나 노인복지주택, 노인공동생활가정 등이 있으며, 노인의료복지시설에는 요양원이나 요양병원, 노인요양공동생활가정이 있다. 이중 양로원은 혼자서 일상생활이 가능한 노인들을 집단수용하는 형태이고, 요양원은 병이나 신체적 장애로 혼자서 생활할 수 없는 노인환자를 대상으로 수용한 형태이다. 이들 양로원과 요양원은 다시 유료와 실비, 무료 기관으로 분류할 수 있다. 본고에서는 노년소설의 배경이 되는 노인주거복지시설에 속하며 가족이 없는 노인들을 대상으로 한 무료양로원을 중심으로 살펴보고자 한다. (김광병, 「사회복지시설 종사자의 처우 및 지위보장 논거」, 『사회복지법제연구』, 사회복지법제학회, 2016, 35쪽.)

기와 해방, 한국전쟁, 산업화 등 역사적 사건들을 모두 겪으며 고군분투한 마지막 세대로 시대적 질곡을 온전히 감당한 우리 시대의 가장 불쌍한 세대이다. 노인들은 젊은 세대에게 그들의 삶과 상처를 제대로 이해받지 못하고 배려나 관심도 받지 못하고 있다. 그들은 역사적, 시대적 폭력 속에 모든 것을 잃고 대부분은 양로원에서 여생을 보내게 되었다.

민병삼의 <신나는 달밤>과 정연희의 <날이 기울고 그림자가 갈 때에>, <우리가 사람일세 !·상>, <우리가 사람일세 !·完>는 양로원을 배경으로 노인들의 삶의 모습과 일상을 그려준다. 양로원에서 생활하는 노인들은 대부분 일제강점기와 전쟁을 경험한 사람들로 마음의 상처가 깊다. <신나는 달밤>의 경우는 방송에 나갈 양로원의 모습을 찍기 위해 할머니들에게 억지 상황을 만들고 '나'와 유모의 관계를 강조하여 인터뷰를 하는 등 '나'를 불편하게 만드는 상황을 부각시킨다. 원장은 텔레비전 방송에만 치중하여 사회단체나 기관의 원조를 받기 위해 추운 겨울에 할머니들에게 달놀이를 강요하고 극적인 각본대로 인터뷰를 하는 등 보여주기 위한 모습을 만들기에만 급급하다. 결국 '나'와 할머니들의 난동으로 촬영은 중단되고, 할머니들은 그들 방식대로 신나게 춤을 추는 것으로 이야기는 끝난다.

민병삼의 <신나는 달밤>이 양로원의 비정상적인 운영 실태를 고발하였다면, 정연희의 <날이 기울고 그림자가 갈 때에>은 양로원에서 남은 생을 마감하는 노인들을 중심으로 그들 나름대로 성실하게 살아가는 모습들을 포착한다.

그나마 꽃상여 접는 일은 경쟁이 대단하다. 네댓 시간을 꼬박 앉아서 산더미만큼 꽃을 만들어도 고작 돈 이천 원에 불과하건만, 할머니들은 제각기 그 일을 맡으려고 했다. 그래서 공평하게 일감을 드린다고 해도 늘 불평은 우수리처럼 남겨지고는 했다.

손놀림이 시원치 않거나 재주가 모자라서 종이꽃조차 다루지 못하는 할머니들은 고구마 줄기를 벗기는 일을 하거나 멱줄거리를 찢는 일이 고작이지만 그것도 차례가 닿지 않을까보아 조바심이다. 고구마 줄기 한 관 한 다발을 벗겨야 육백 원, 한 다발을 벗기려면 두어 시간이 족히 걸린다.135)

자그마한 몸집을 깔끔하게 거두며 거의 쉴 사이 없이 양로원의 궂은 일을 부지런하게 해내는 덕인지 양기선씨는 양로원 신세를 지는 다른 노인네들하고는 다르게 늘 활기차 보였다. …… 사람이 어찌나 찬찬하고 참을성이 많은지 양로원의 하수도가 막혀도 사람을 사는 일 없이 원장하고 함께 기어이 뚫어내고, 화장실 변기가 말썽이 나거나 부엌에서 가스가 말썽을 부려도 군소리 한마디 없이 고쳐냈다.136)

노인들은 일감을 얻기 위해 경쟁을 하고, 일감을 놓쳤을 때는 불평하고 서운함을 드러내지만, 사실 그들은 돈에 욕심을 내서 일을 하려는 것이 아니었다. 노인들은 그렇게 일을 하여 모은 돈을 양로원 행사가 있을 때면 목돈으로 아낌없이 내어 놓아, 자신들을 돌보아주는 양로원에 보탬이 되고 감사한 마음을 표현하고 싶은 것이다. 할머니들

---

135) 정연희, <날이 기울고 그림자가 갈 때에>, 『현대문학』, 1992. 12, 161~162쪽.
136) 정연희, <우리가 사람일세!·상>, 『현대문학』, 1994. 5, 147쪽.

중에는 다른 할머니들의 옷을 수선해 주는 사람도 있고, 화단을 가꾸는 사람도 있는 등, 양로원 안에서 자신들이 할 수 있는 일들을 하며 부지런히 시간을 보내고 있다. 할아버지들 중에는 하수도나 화장실 변기가 막히거나 부엌에서 가스가 말썽을 부려도 고쳐내며 양로원의 궂은일을 도맡아 해내는 사람도 있다. 노인들은 양로원에서 저마다의 능력에 맞게 자신들이 할 수 있는 일들을 하며 생활하고 있음을 보여준다.

한편으로는 양로원을 운영하는 남편 박원장과 아내 송총무의 시선에서 노인들의 모습이 인식되기도 하고, 양로원 운영의 어려움이 드러나기도 한다. 후원행사와 할머니의 죽음을 대비시켜 양로원 운영의 어려움과 외롭고 쓸쓸한 죽음을 동시에 주목하게 만드는 효과를 보여주고 있다. 양로원에서는 일 년 중 가장 큰 행사인 후원회원들과의 만남을 준비하느라 분주하고, 송총무는 위독한 미리내 할머니가 오늘만은 피해주기를 기도하였다. 고아원과 달리 양로원은 '노병사(老病死)'가 함축되어 있는 곳으로 가슴 아프고 고된 일의 연속이다. 양로원 운영에 4분의 1도 안 되는 정부 보조금은 턱없이 부족하여 후원자들과의 만남은 중요한 행사일 수밖에 없으며, 그런 날 초상을 치르는 것은 당연히 꺼려지는 일인 것이다. 양로원은 밤새 후원자들과의 축제가 있었고, 미리내 할머니는 끝내 돌아가셨다. 노년의 삶은 많은 것들을 포용하고 포기해야 하지만, 특히 노인에게 죽음은 두려움이면서 동시에 마지막 남은 과제이기도 하다. 송총무는 잠시나마 할머니의 죽음 앞에서 자신이 악덕을 부린 것을 후회하고 죄책감으로 괴로워했다.

박원장과 송총무는 할머니의 죽음을 그림자가 비로소 실체를 찾아 떠나는 길이라 여기며 장례절차를 진행한다.

> 고아원의 아이들은 무럭무럭 자란다. 더러 고약해져서 비틀어진 길을 가는 경우도 있지만 대개는 멀쑥하게 자라서 제구실을 하고, 나름대로 자기 세계가 구축되면 나중에 제가 자란 고아원 살림을 적잖게 보태는 경우도 있다. 그런데 양로원은 한 사람 한사람의 마무리가 장례절차로 끝이 난다.[137]

> 앞으로 살 날이 하루밖에 없다 해도 그 희로애락을 있는 대로 쏟아놓아야 직성이 풀리는 존재로 태어난 것이 인간이라는 존재인가 싶게, 더구나 늙은이들끼리 모여 사는 양로원 같은 곳은 즐거움이나 기쁨보다는 노여움의 표출이 언제나 더 많은 것을 보면 사람의 감성 중에 그중 강한 것이 노여움일 것 같기도 하다. 마치도 노여움거리를 찾아내는 것이 생명을 연장하는 일에 도움이라도 되는 듯 늙은이들은 걸핏하면 노여움을 잘 탄다. 그들은 노여움이 폭발할 때 어느 때보다도 싱싱해진다.[138]

양로원은 고아원과는 달리 모든 마무리가 장례절차로 끝이 나는 곳이라는 양로원의 속성을 알 수 있는 부분이다. 노년의 모든 귀결은 죽음이며, 그러한 죽음이 개인에게만 국한된 문제로 축소되는 인식의 오류를 바로잡아야 한다는 것이다. 특히 양로원의 노인은 자신의 현실에서 죽음을 자연스럽게 받아들이기보다는 체념에 가까운 수용으

---

137) 정연희, <날이 기울고 그림자가 갈 때에>, 앞의 책, 179쪽.
138) 정연희, <우리가 사람일세!·상>, 앞의 책, 154쪽.

로 맞이하게 된다. 왜냐하면 사회와 가족으로부터 단절되어 있는 양로원의 노인들은 정체성도 매우 약화되어 있기 때문이다. 양로원의 노인들에게 죽음은 이러한 정체성의 불안과 자존감의 상실에서 벗어날 수 있는 마지막 방법이기도 한 것이다. 노인에게 익숙한 환경과 가족이나 친구들인 준거집단의 부재, 그리고 늙은 자신들을 스스로 감당해야 하는 문제는 노인의 정체성을 약화시키고 자존감을 떨어뜨리는 중요한 이유 중 하나이다. 자아정체감은 우리가 처해 있는 상황의 변화에 따라 언제라도 흔들릴 수 있는 변덕스러운 것으로, 관계론적 인간 존재의 관점에서 보면 준거집단의 존재는 단지 우리의 정체감 유지를 돕는 보조석 역할에 그치는 것이 아니라 그 존재 자체가 우리의 정체성 구성에 필수적인 요건이 된다.[139] 또한 대부분의 인간은 자신의 존재 의의를 사회적으로 수행해 내는 역할에서 찾는 경향을 보이는데, 사회가 바라는 역할의 수행을 제대로 못하거나 기대되는 역할의 내용 자체가 불확실해지면 그러한 상황에 처한 사람은 정체감 위기에 빠져 혼란스러워하거나 무력감을 느끼게 된다.[140] 특히 양로원의 노인들은 준거집단의 부재와 가정이나 사회에서의 역할상실 등의 여러 가지 이유로 기대나 희망도 없이 죽음만을 기다리는 외롭고 쓸쓸한 노년을 보내고 있다. 그렇기 때문에 노인들은 일상에서 행복보다는 노여움을 많이 드러내며, 노여움이 폭발할 때 보다 싱싱해지고 스스로 살아있음을 느끼는 것처럼 보이기도 한다.

---

139) 정진웅, 앞의 책, 146~148쪽 참조.
140) 한국노년학회 편, 『노년학의 이해』, 대영문화사, 2000, 89쪽.

민병삼의 <신나는 달밤>과 정연희의 <날이 기울고 그림자가 갈 때에>, <우리가 사람일세!·상>, <우리가 사람일세!·完>는 노인 복지시설인 양로원을 배경으로 하고 있나는 점에서 의미가 있다. 이 작품들은 양로원에서의 노인들과 그들의 삶을 조망하고 시설의 문제점이나 운영의 한계를 지적해 준다. 이것은 양로원의 노인과 그들의 삶도 소중하고 가치 있음을 일깨우는 일이며, 동시에 양로원과 같은 노인시설에 대한 사회적 관심을 유도하는 것이다. 이러한 사회적 관심은 그곳에서 생활하는 노인들의 삶의 질이나 시설의 개선에 실질적인 방안을 종용하는 계기가 될 수 있기 때문이다.

1990년대 노년소설은 노년의 삶과 노년의 의식을 중심으로 노인이 자신의 정체성을 자각하는 모습에 주목한다. 노년소설은 노인을 중심으로 그들 개인의 의식과 삶에 관심을 갖고 접근하여 그들의 일상과 근본적인 고민에 귀를 기울인다. 노인들은 스스로의 정체성을 찾고 자신들의 삶을 당당하게 영위하고자 적극적으로 행동한다. 노인들은 자신의 늙은 몸을 통해 드러나는 성과 사랑, 죽음 등 본질적인 문제에 대해 관심과 견해를 표출하기도 한다. 또한 노인들의 모질고 단단한 삶에는 그들 나름의 사상과 의지가 담겨있으며, 어느 삶이나 죽음까지도 모두 존중받아야 하고 함부로 판단할 수 없음을 깨닫게 해 주고 있다.

노인들이 자신들의 현실을 인식하고, 그 현실을 수용하는 방식은 순종적이다. 그리고 노인들은 그들이 받아들인 현실 안에서는 나름

적극적으로 대응한다. 그것은 노인들 스스로 자신들의 현실을 바꿀 수 없으며 다른 선택의 여지가 없다는 것을 정확히 인지하고 있음을 의미한다. 노인들은 유기되는 상황에서 아무런 저항도 하지 않지만, 자식들의 유기사실이 들통 날 위기에서는 자식들을 위해 그들이 할 수 있는 가장 적극적인 대응인 자살을 선택한다. 노인복지시설인 양로원에서 생활하는 노인들은 대부분 그들의 생활환경에 만족해하고 있다. 또한 노인들은 양로원 안에서 그들 나름대로 할 수 있는 일들을 찾고 적극적으로 시설에서의 생활에 적응하여 살아가는 모습을 보여준다. 이를 통해 노인들은 그들이 처한 현실을 순순히 수용하고 그 속에서 개인적이고 능동적으로 대응함을 알 수 있다.

노인은 기본적으로 가정의 구성원에서 출발하여 사회적 차원의 관심과 지원을 받기도 하지만, 결국 노인 스스로가 정체성을 확립하게 되는 일련의 과정을 거친다. 1990년대 노년소설은 1970년대 가정에서의 노인에 대한 인식으로 출발하여 1980년대 사회적 접근을 거쳐 비로소 노인이 스스로에 대한 주체적 의식을 확립하고 적극적으로 노년을 맞이하는 모습을 보여줌으로써 확대, 발전되었다. 이러한 노인의 주체적인 모습은 노년소설의 주제를 풍부하게 해주는 동시에 노년소설의 새로운 가능성을 열어준다.

# V.

## 노년소설의
## 문학사적 의의와 전망

# V. 노년소설의
# 문학사적 의의와 전망


고령사회는 우리 사회·문화의 새로운 변화와 흐름을 주도하고 있다. 정책적으로 노인을 위한 사회적 제도와 시설들이 구축되고 있으며, 노인과 관련된 문학이나 영화, 드라마, 연극들도 점차 다양하게 확대되는 추세이다. 초기 대중매체는 노인을 단지 주인공을 보조하는 인물로 등장시키고, 그 이미지나 가치도 부정적이었다면 지금은 노인이 주인공으로 등장하거나 비중이 커졌고 그들을 중심으로 한 능동적이고 긍정적인 이야기들이 만들어지고 있다. 노년소설 역시 초기 노인을 주변인으로 관찰하였다면, 지금은 노인들이 주인공으로서 자신의 의식과 사고를 바탕으로 주체적인 모습을 보여줄 만큼 발전하였다. 이제 노년소설은 단순히 노인과 노년의 형상화에 머물고 노인문제를 부각시키는 것이 아니라, 노인이 그들의 한계를 극복하고 보다 활동적으로 그들만의 삶과 문화를 구축해 나가는 모습에 주목한다. 고령사회는 앞으로 사회·문화계뿐만 아니라 노년소설에서도 지금까지와는 전혀 다른 새로운 가능성을 열어줄 것이다.

먼저 노년소설에 대한 시대별 작가들의 연령 분포141)를 살펴보도록 하겠다. 1970년대 노년소설 작가의 연령 분포를 보면, 30, 40대의 젊은 작가들이 다수를 차지한다. 그들은 일정한 거리를 두고 노인을 다루되 특정한 사건 위주로 일정 기간에 국한해서 노인의 삶을 관망하는 태도를 취하고 있다. 그리고 50, 60대의 작가들은 노인들의 삶 일부분에 국한하기보다는 삶 전체를 조망하는 시각을 확보하는 경우가 많으며, 대체로 노인들의 힘들었던 젊은 시절과 여전히 고단한 삶을 담담하게 펼쳐놓는다. 1980년대, 1990년대는 30, 40대와 50, 60대 작가의 분포가 비슷하게 나타나는 것을 알 수 있다. 이 시기는 50, 60대의 작가들이 늘어나는 추세를 보이는데, 이는 30, 40대부터 활동했던 작가들이 시간이 지남에 따라 점차 작가 자신들이 노년의 나이가 되었음을 의미하며, 노년의 작가들도 자신의 노년을 객관적으로 들여다보고 성찰하기 시작하였음을 알게 해준다. 작가층은 초기 젊은 작가들 중심이던 것이 점차 노년의 작가들로 확대되어 지금은 중·장년층과 노년층 모두에서 고르게 작품을 발표하고 있다. 또한 단편에 집중되어 있던 노년소설이 중·장편으로 확대되고 있으며, 노인들의 삶을 관망하던 태도에서 적극적으로 개입하고 새로운 시각으로 접근하여 노인의 정체성과 실존, 죽음의 문제 같은 다양하고 깊이 있는 주제의 작품들로 발전하였다. 작가들은 "작가로서의 소명이 사회적 주체로서의 존재론적 기반에 기인한다는 점"142)을 인식하고 노인과 노년

---

141) <부록 2> 참조.

의 삶을 형상화하는 작업에 몰두하였다.

한편 노인부양의 문제는 시대의 흐름에 따라 점점 열악하고 비정하게 변모되고 있음을 알 수 있다. 우리나라는 전통적으로 가족주의가 모든 생활의 가장 중요한 이념이었으며, 노인들은 전통적 가부장제 아래 가족 안에서 보호받을 수 있었다. 그러나 1970년대는 전통적 가부장제 가치관과 현대 개인주의 가치관의 대립으로 노인의 부양에 대해 자식들이 갈등하고 반발하는 모습이 드러난다. 1980년대는 노인에 대해 객관적 시선으로 접근하려는 노력이 이루어지고 노인부양에 대해 책임을 다하지만, 1990년대로 오면서 자식들은 노인들을 더욱 이기적이고 냉정하게 학대한다. 1990년대 김현숙의 <삼베팬티>와 박순녀의 <끝내기>, 장한길의 <불효자> 등은 가정 내에서 자식들의 비윤리적이고 패륜적인 행위가 자행되는 현장을 고발하고 있는 작품들이다. 김현숙의 <삼베팬티>는 농촌에 남은 노부부의 외로운 죽음과 그 죽음이 뒤늦게 발견되는 상황을 그려주었다. 젊은이들의 이농 현상으로 피폐해져가는 농촌의 현실과 고향에 버려지다시피 한 나이든 부모를 통해 소외된 농촌 노인의 비참한 삶을 적나라하게 보여준다. 도시의 노인보다 상대적으로 더 무관심한 농촌 노인들의 현실을 보여주어 그들에게도 도움과 지원이 필요함을 일깨운 작품이다. 박순녀의 <끝내기>와 장한길의 <불효자>에서는 자식들이 병든 부모의 죽음을 방관하고 종용하는 태도를 보인다. <끝내기>는 형편이 여의

---

142) 이정숙 B, 「1970년대 한국소설에 나타난 가난의 정동화」, 서울대 박사학위 논문, 2014, 19쪽.

치 않은 큰딸과 형편은 되지만, 병든 아버지를 감당하기 버거워하는 여동생이 합의하에 치매에 걸린 아버지를 굶겨 죽이는 사건을 고발한다. <불효자>의 '나'는 어머니가 마지막 소원이라며 병원이나 아니면 보건소라도 데려다 달라고 애원했지만 부탁을 들어주지 않았다. 결국 어머니는 배앓이와 설사로 마지막까지 고통 받다가 죽는다. 두 작품은 자식세대에게 더 이상 부모에 대한 도덕적이고 윤리적인 감정을 요구할 수 없는 현실을 반영하고 있다. 노인에게 휴식과 보호의 공간이어야 하는 가정이 현실에서는 위협적인 인권유린의 사각지대임을 보여주는 것이다. 또한 노인에 대한 사회나 국가차원에서의 대응은 여전히 미숙하여 고령화의 속도를 미처 따라오지 못하고 있음을 드러내고 있다. 이 시기 노인들은 역사적 사건들이나 급격한 시대적 변동을 온전히 감당하였음에도 불구하고 자식세대에게 배려나 관심을 받지 못하는 우리시대의 가장 불쌍한 세대라 할 수 있다.

노인의 주체성 확립은 1990년대 노년소설의 중요한 주제가 되고 있지만 사실 1970년대부터 노년소설은 그러한 시도를 하고 있었다. 노인이 스스로의 노년을 인식하고 그 의미를 묻는 모습은 1970년대, 1980년대 노년소설에서도 찾아볼 수 있다. 1970년대 박기원의 <노경>에서는 정년퇴임한 노인의 급격한 자존감 상실이 그려지고, 박완서의 <겨울나들이>는 가정 안에서 역할을 상실한 노년여성의 정체성의 고민을 다룬다. 대부분의 초기 노년소설에서 노인이 주체로 등장하기보다는 주변인으로 바라보는 작품들이 많았음에도 <노경>과 <겨울나들이>는 노인의 정체성 탐색이나 노년의 삶에 대한 노인 스스로의 자각이라는 진보적 주제를 정면에 내세운 작품이었다는 점에서 의의가 있다. 1980년대는 안장환의 <목마와 달빛>과 박완서의 <유실>에서 노년남성이 적극적으로 노년의 삶에 대응하는 모습이 나타난다. 비록 그들의 노력은 좌절되지만, 노인들은 꾸준히 자신들의 자리와 권위를 지키고자 노력하였음을 알 수 있다. 여기에서 한걸음 더 나아가 1990년대에는 노년소설에서 꿋꿋하게 자신의 삶을 사는 노인들과 그들만의 질기고 소소한 일상을 엿볼 수 있게 되었다. 노인은 가정에서의 학대와 무관심을 무방비 상태로 당했으며, 사회의 평면적이고 도식적인 평가로 더욱 가혹한 상황을 견디면서 노인 스스로 자기방어 능력을 기르고 자기 주체성을 구축하기에 이르렀다고 할 수 있다. 이 시기 노년소설은 사람들이나 사회적으로 노인들의 삶을 인정하고, 노년에 대한 의식도 성숙해지고 심화되는 일련의 과정을 포착하였다.

사람이 늙는 것은 자연스러운 일이고, 늙는 것이야말로 모든 것을 받아들이고 깊이 숭배하는 것이다.[143] 노인들은 사회적 약자로 젊은이들과 사회의 멸시와 연민의 대상으로 전락하지 않기 위해 스스로 싸우고 통제하며 의지하지 않고 권위를 지키고자 노력한다. 노인들은 사회적 제약을 극복하고 외부의 속박에서 벗어나 주체적으로 자아정체성을 확립하고자 한다. 그것은 "개인이 지니는 주체성의 모습에 따라 그가 추구하는 인생의 목표와 가치 그리고 그것들을 실현해 나가

---

143) M. 아우렐리우스, M. 키케로,『아우렐리우스 명상록/키케로 인생론』, 김성숙 역, 동서문화사, 2015, 491~492쪽.

는 방식이 달라질 수밖에 없으며, 그에 따라 각자의 총체적인 인생의 궤적이 달라질 수밖에 없"144)기 때문이다. 노인 스스로 자신의 지위를 찾고 자립할 때 노년의 삶은 존중받게 되는 것이다. 고령사회로 진입하면서 노인을 위한 제도적 방안을 체계화하고, 노인 역시 자신의 삶에 대한 책임과 행복한 노년을 위한 지속적인 노력을 필요로 한다. 나아가 사회적·국가적으로 노인에게 새로운 가치와 역할을 부여하고 그들의 삶과 존재를 인정하며 더불어 살아갈 방법을 구축해야하는 것이다. 노인의 생활은 노인 개인의 삶을 중심으로 빠르게 변화하고 있으며, 주체적으로 자신의 삶을 의식하고 당당하게 보편적 일상을 영위하게 되었다.

노인의 주체적인 의식과 행동은 노년소설이 더욱 풍부하게 발전할 수 있는 가능성을 열어준다. 이제 노인들이 그들의 이야기를 들려줄 때이다. 노년에 관한 글은 우리 사회가 생각보다 강하다는 것을 보여준다.145) 그것은 우리가 우리의 현실을 정면으로 마주하는 용기라 이해할 수 있다. 노인들은 점차 사회의 중요한 기득권층을 형성해 가고 있으며, 그들을 중심으로 한 사회적 구조의 변화는 이미 시작되었다. 노년소설은 노인 스스로가 자신의 삶을 주체적으로 영위하는 모습을 포착하고, 노인 개인의 일상과 고민에 주목하여 주제를 풍부하게 해주며 문학적으로 새로운 가능성을 열어준다. 이를 통해 노년에 대한 고정적이고 획일화된 인식에서 벗어나 긍정적이고 주체적인 인식을

---

144) 이찬훈, 「현대 사회 구조와 주체성」, 『대동철학』 5, 대동철학회, 1999, 2쪽.
145) The writing of old age suggest that our society is hardier than we thought. (Anne M. Wyatt-Brown & Janice Rossen, op. cit., p.9.)

유도한다는 점에서 문학적 의의가 있다.

문학은 사회적인 것과 개인적인 것이 변증법적으로 통일된 구체적이고 감각적인 형상을 통하여 사회현실의 전체성을 재현한다.[146] 즉 문학은 인간 개인과 사회현실의 복합적인 반영이며 이를 바탕으로 작품의 배경이 되는 사회전반을 보다 잘 이해하고 파악할 수 있도록 해준다. 노인에 대한 사회적 인식은 2000년대 이후 상당히 진보적으로 변하였으며, 2010년대 이후부터는 노인을 주체로 인정하고 그들을 중심으로 하는 사회·문화적 변화와 적극적인 대응을 주도하기에 이르렀다. 지금은 오히려 노인들의 '성공적인 노화'[147]에 주목하고 그들의 삶을 지지하는 사회적 분위기가 조성되었을 만큼 성숙해지고 있다. 노인과 노인문제에 관련한 문학과 사회학적 접근, 그리고 이들이 중첩되는 지점을 고찰하고자 한다. 이를 통해 앞으로 문학과 사회학의 활발한 교류와 협력을 기반으로 고령사회에 제기되는 여러 가지 노인문제에 보다 적절하고 신속한 대처가 이루어지기를 기대한다.

우리나라 노인들은 다른 사람들과의 관계를 통해 자신의 존재의미를 찾으며, 가족을 포함한 폭넓은 사적인 관계망이 중요하고 자기가

---

146) 최유찬·오성호, 『문학과 사회』, 실천문학사, 1994, 21쪽.
147) 성공적인 노화는 첫째, 경제력이 있어야 하며, 둘째, 신체가 건강하고, 셋째, 가족과 사회적 지지가 필요하며, 넷째, 사회활동에 참여하는 것이다. 성공적 노화란 삶의 영역 전반에 걸친 긍정적인 정서, 신체와 인지 기능에 대한 지각, 과거와 현재의 삶을 수용하고 거기에 만족하는 것으로, 성공적인 노화는 다차원적, 즉 심리적인 발달, 사회적인 측면, 신체적인 건강, 정신적인 건강으로 구성된다. (최혜경·백지은·서선영, 「노인들의 인식을 통한 한국적인 성공적 노화의 개념」, 『한국가정관리학회지』 23, 한국가정관리학회, 2005, 2쪽 참조.)

속한 집단의 평가가 자신의 노후의 삶의 가치를 가늠하는 기준으로 여기는 경향이 강하게 드러난다.[148] 이는 가족이나 공동체의 중요성을 크게 생각하는 우리나라만의 특성에서 비롯된다고 할 수 있다. 노인에게 가족과 그 외 사회적 집단과의 친밀한 관계는 행복한 노년을 결정하는 중요한 지표로 작용한다. 노년소설의 대부분이 가족과의 관계나 갈등을 다루고 있으며, 점차 노인들의 공동체생활을 보여주는 것도 이러한 의식의 반영이라 볼 수 있다. 노인들은 어떤 형태로든 소속되어 있기를 원하고, 어디엔가 소속되어 있다는 것만으로 그들은 안정감을 느끼게 된다. 이러한 이유 중 하나로 노인들은 다양한 사회활동에 참여하고 있다.

노인들의 사회활동으로는 현재 노인복지회관이나 주민센터, 노인정 등에서 운영하는 여가활동 프로그램들이 주를 이룬다. 노인들은 은퇴 이후 길어진 노년의 시간을 스스로 통제하며 동시에 삶의 의미를 찾기 위해 자연스럽게 여가활동에 관심을 보인다. 지금의 노인들은 자녀들과의 교류도 많지 않아 집중할 수 있는 일이 반드시 필요하며, 이를 통해 그들은 자기향상이나 삶에 대한 만족감을 성취한다. 노인들은 노인복지회관이나 주민센터, 노인정 등에서 저렴하게 운영하는 다양한 취미활동에 참여하고 있다. 그러나 이들의 활동은 깊이 있고 지속적이기보다는 단기적이고 취미 수준을 벗어나지 못하는 한계가 있다. 이로 인해 노인들의 활동은 계속 이어지지 못하고 만족도 역

---

148) 최혜경, 「지역사회 거주 노인의 성공적 노화 수준과 예측 요인―한국적 성공적 노화 개념을 중심으로」, 『사회과학연구』 24, 충남대 사회과학연구소, 2013, 195쪽 참조.

시 높지 않다고 할 수 있다. 또한 이들 프로그램에 참가하는 노인들의 연령 차이도 고려되지 못한 면이 있다. 그들은 갓 은퇴한 60대 후반부터 90대까지 많게는 30년 이상 차이가 나는 경우도 있는데, 이들이 같은 프로그램에 참여하면서 학습의 질이나 집중도가 떨어지는 문제가 발생한다. 프로그램 역시 여가활동 위주로 교육적인 측면이 높지 않다고 본다. 요즘의 노인들은 비교적 학력 수준이 높은 편으로, 이들은 노인이 되었어도 새로운 학습에 대한 열의가 높게 나타난다. 그러나 여가활동 프로그램은 취미활동에 머물러 학습의 효과가 크지 않아 이들의 욕구를 충족시키지 못하는 것이다.

　노인의 여가활동에 대한 정책은 이제 시작 단계로 노인들에게 좀 더 실효성 있는 활동과 문화로 정착될 수 있도록 신중하게 논의되어야 할 것이다. 또한 노인들의 연령을 고려하여 학습의 균형을 갖춘 다양한 프로그램과 여가활동이 제공되어 선택의 폭을 넓힐 필요가 있다. 노인들의 여가활동에 대한 지원은 그들의 삶에 대한 만족도를 높이는 동시에 정신적 안정감을 주어 주체적인 노년생활을 유지하는 기반이 되기 때문이다. 앞으로 노인을 위한 보다 체계적이고 다양한 사회적 활동이 마련되어 건강한 고령사회를 만들어야 한다. 그동안은 노년소설에서 노인의 여가활동이나 사회활동이 드러나는 경우는 많지 않았다. 이는 노인들의 여가활동이 아직은 보편적으로 이루어지지 않고 있으며, 만족감도 크지 않은데서 비롯된다고 할 수 있다. 앞으로 노년소설에서 노인들의 다양한 여가활동과 이를 바탕으로 균형 잡힌 삶을 살아가는 모습들이 그려지기를 기대한다.

다음으로 노인에게 무엇보다 중요한 요소는 건강이다. 노인은 죽는 날까지 누구의 도움도 받지 않고 자기 스스로 일상생활을 할 수 있기를 소망한다. 건강한 노인일수록 자신의 삶을 주도적이고 긍정적으로 영위하는 것을 볼 수 있다. 그러나 노인들은 대부분 갖가지 질병에 시달리고 있다. 의학계에서는 "노년을 질병과 장애와 동일시하고 적극적인 의료적 개입이 필요한 시기"149)라 보고 있다. 이것은 의학계가 이미 노인에게 반드시 의학적 도움이 필요하다는 사실을 인식했음을 알 수 있다. 질병은 인간에게 삶을 가장 낮은 자세에서 관조할 수 있는 시각을 부여한다.150) 특히 그가 노인이라면 더욱 그러하다. 노인들은 만성질환에 시달리거나 갑작스런 건강 이상이 나타나는 경우가 흔히 발생한다. 이렇게 질병으로 고생하는 노인은 무엇보다 의료의 도움이 절실히 필요하다. 그러나 노인에 대한 의료서비스는 아직까지 상당히 수동적이라 할 수 있다. 특히 요즘처럼 1인 독신·독거노인이나 노부부가구 중심의 가정이 많은 사회에서는 더욱 의료서비스의 연계가 중요하게 부각된다. 장기적으로 볼 때 노인에 대한 의료 서비스는 보다 실질적이고 밀접한 시스템으로 구축되어야 할 것이다. 현재 노인들에 대한 주기적인 건강검진이나 사회적·국가적 차원에서의 체계적인 의료서비스 대책이 시급한 실정이라고 할 수 있다.

---

149) 한혜경, 「의료와 미디어 산업의 노년 담론에 대한 비판적 고찰:젊음의 연장이 아닌 노년의 복원」, 『인문사회과학연구』 13, 부경대 인문사회과학연구소, 2012, 62쪽.
150) 정과리·이병훈, 「서문:의학과 문학이 빚어낸 풍경들」, 『의학은 나의 아내, 문학은 나의 애인』, 알음, 2008, 20쪽.

노년소설에도 노인들이 병에 걸려 고통 받는 모습들이 많이 나온다. 노인들은 질병으로 인해 고통 받으며 급격하게 늙어가고, 가족들에게 학대를 당하는 비참한 상황에 처하기도 한다. 질병은 노인들의 삶을 지배하고 죽음을 가속화시키는 결정적인 원인으로 노인을 암울하고 절망적인 상태에 빠뜨린다. 문학은 질병에 대한 구체적인 이야기를 형상화하여 그것을 앓고 있는 사람의 삶과 그를 둘러싼 주변인물의 삶, 그리고 사회적, 역사적, 문화적 배경들을 알게 해 준다.[151] 그러므로 문학에서 담아내는 질병과 병에 걸린 노인, 그에 대한 사회적 대응 등에 더욱 관심을 기울일 필요가 있다. 질병이 단지 노인 개인에게만 국한된 것이 아니라 고령사회에 접어든 우리 사회의 책임들 중 하나임을 인식해야 하는 것이다. 노년소설에서 노인들은 자신의 질병을 감당하지 못하여 치료를 거부하고 서서히 죽어가거나 삶의 의욕을 상실하고 자살을 선택하기도 한다. 그러나 노년소설에서 노인들의 병원진료에 대한 이야기나 의료서비스에 관련된 내용은 많지 않다. 이것은 아직까지 노인에 대한 의료서비스가 만족할 수준에는 이르지 못하였음을 짐작할 수 있다. 문학은 의학의 영역에서 여러 가지 기여를 할 수 있을 뿐만 아니라 동시에 의학에게서도 새로운 방법론적 가능성을 배울 수 있다.[152] 문학과 의학은 오래전부터 서로 영향을 주고받

---

151) 황임경, 「질병과 이야기」, 『서강인문논총』 40, 서강대 인문과학연구소, 2014, 137쪽.

152) 의학의 목적이 인간의 육체적, 정신적 질병을 치유하는 것이라면, 문학 또한 인간의 영혼을 치유하는 것을 자신의 궁극적인 목적으로 삼고 있다. 다시 말하면 문학은 의학이 할 수 없는 인간의 병든 영혼을 치료하고 또 다른 차원의 위안을 준다. (이병훈, 「의학과 문학의 접점들」, 『의학과 문학』, 문학과지성사,

으며 함께 발전하고자 노력해왔다. 의학계에서는 문학과의 접목이나 인문학을 통한 치료에 관심을 두고 현대 인간에 대해 이해하고자 다양한 시도를 하고 이를 통해 근본적인 치료 방안을 모색해왔다. 이러한 노력은 노인의 질병에 대한 적절한 치료 방법을 찾을 수 있으며, 노인들의 건강하고 안정된 삶을 위해 반드시 필요하다고 본다.

노년의 부부에 대해서도 관심을 가질 필요가 있다. 최근 노부부의 갈등은 사회문제로 대두될 만큼 많아지는 추세이다. 황혼이혼은 이미 오래전부터 문제가 되었으며, 요즘에는 졸혼이 새로운 현상으로 부각되기 시작하였다. 졸혼은 부부가 법적으로 이혼을 하는 것은 아니지만 결혼생활을 마치고 각자 독립적으로 살아가는 것을 의미한다. 경제적으로 안정된 노부부의 경우는 서로의 불편함을 참지 못하고 이혼을 하거나 졸혼을 선택한다. 노년기는 빈약한 자원 속에서 오랫동안 누적된 복합적 갈등구조를 해결해 나가야 하는 시기라는 점에서 부부 간의 관계를 재조정할 필요가 있다.[153] 노부부는 함께 보내는 시간이 길어지면서 갈등이 야기되거나, 오랫동안 해결되지 못하고 누적된 갈등이 표출되어 관계가 악화되는 상황이 발생하는 것이다.

노부부에 대한 문제를 해결하기 위해 먼저 노년남성과 노년여성의 입장 차이에 대한 이해가 필요하다. 노년남성의 경우 나이가 들면서 수동성을 보이고 주위환경의 변화에 대해 적응하기 시작하며 부양과 애착을 더욱 필요로 하는 반면, 노년여성은 더욱 공격적이고 활동적

2004, 13~29쪽 참조.)
153) 김경신·이선미, 「노년기 부부갈등에 관한 고찰」, 『한국노년학연구』 9, 한국노년학회, 2000, 93쪽.

이 되며 그 자신의 신체적 요구를 충족시킴에 있어서 능동적으로 대처한다.[154] 이러한 이해를 바탕으로 노부부의 갈등해소를 위한 방안이 강구되어야 할 것이다. 지금까지는 노부부의 결혼생활을 그들 개인의 책임으로 한정하였다면, 이제 사회적 지원과 대책이 마련되어야 할 시점인 것이다. 노부부의 안정된 결혼생활은 건강한 고령사회를 지탱하는 중요한 요인이기 때문이다. 노년소설에서도 노부부의 갈등이나 그늘의 소소한 일상을 다룬 작품들이 있다. 노부부만 남은 가정에서 그들은 노년의 행복을 누리기도 하고, 더러는 서로에 대한 애증으로 갈등하기도 한다. 노부부의 일상은 느리고 여유로우며 단조롭기도 하지만, 그 속에서 삶의 연륜이 느껴지는 특징을 갖는다. 또한 노부부 중 한 사람이 병에 걸렸을 경우는 다른 배우자가 병에 걸린 배우자를 돌보거나 반대로 학대하는 모습도 나타난다. 앞으로 노년소설에서 점차 노부부를 중심으로 한 다양한 작품들이 발표될 것이라 예측할 수 있다.

한편 고령사회는 예상하지 못했던 새로운 문제가 발생하기도 하는데, 노인범죄가 바로 여기에 속한다고 할 수 있다. 노인이 범죄의 표적이 되기도 하지만, 노인 자신이 범죄자로 전락하는 경우가 속속 드러난다. 그동안은 노인을 주로 범죄의 피해자로만 인식해 왔다. 노인은 판단능력이 저하되고 자존감이 약한 상태로 대처능력이 떨어진다고 할 수 있다. 그러므로 그들은 사기피해나 여러 가지 반복적인 피해를 입는 경우가 많았다. 노인들은 가족이나 사회와의 유대가 낮아짐으로써 범죄피해에 대한 보호망에서 벗어나게 되어 위험 가능성이 높아진

---

154) 위의 논문, 99쪽 참조.

다. 그러나 최근에는 노인이 범죄자로 전락하는 경우가 많아지고 있는 실정이다. 이들 노인들은 가족과의 관계가 단절된 경우가 많으며, 대부분 경제적 어려움에 시달리다 잘못된 선택을 하게 되는 것이다. 노인들의 범죄 유형도 재산범죄나 폭력범죄부터 강력범죄까지 빠르게 증가하는 추세이다.155) 이러한 노인범죄는 중요한 사회현상으로 부각되기 시작했으며, 점차 노인범죄에 대한 적극적인 대응이 요구되고 있다. 노인은 "범죄피해에서 보호받아야할 존재이며, 동시에 범죄행위로부터 통제받아야할 존재"156)가 되었다. 노인에 대한 이러한 양면적 특성을 이해하고 이에 알맞은 대책이 마련되어야 할 것이다. 노년소설에도 노인이 범죄의 피해를 입거나 그 스스로 범죄자가 되는 상황이 나타난다. 노인이 가족이나 사회적 도움이 없는 무방비 상태로 범죄에 노출되어 피해를 당하기도 하고, 노인의 심정이나 처지가 이미 자포자기의 상태에서 범죄를 저지르기도 하는 것이다. 노인범죄에 대한 사회적·국가적 차원에서의 적절한 대책이 마련되어 더 이상 노년소설에서 범죄에 관련된 소재가 다루어지지 않기를 바란다.

그리고 노인의 자살문제도 심각하게 재고해볼 필요가 있다. 노인들은 삶의 의욕을 잃고 자살을 선택하는데, 이러한 자살은 심리적 문제나 개인의 책임을 넘어서서 사회구조적 문제와 연관되는 것으로 반드

---

155) 김상원, 「노인범죄의 실태와 원인」, 『공공정책연구』 33, 동의대 지방자치연구소, 2016, 60~61쪽 참조.
156) 주재진, 「범죄에 있어서 노인의 양면적 지위특성에 관한 연구―노인범죄 및 범죄피해에 대한 국내연구 개관을 중심으로」, 『한국범죄심리연구』 7, 한국범죄심리학회, 2011, 200쪽 참조.

시 노인에 대한 사회적 관심과 지원이 요청되는 것이다.[157] 자살하는 노인의 상당수는 가족과의 관계도 단절되고 경제적으로 상당히 궁핍한 경우가 많으며, 사회에서도 소외된 상태이다. 그러므로 이러한 노인들에 대한 사회적 차원에서의 지속적인 관리와 보호가 필요하다고 할 수 있다. 또한 경제적으로는 문제가 없더라도 노인이 질병이나 그외 여러 가지 이유로 삶에 대한 의욕을 잃게 되면 자살을 선택하기도 한다. 노인의 자살은 이제 무시할 수 없는 사회적 문제가 되었다.

노년소설은 기본적으로 텍스트 전면에 직·간접적으로 죽음이 나타나는데, 이는 노년의 이미지가 그만큼 죽음과 연결되어 있음을 보여주는 것이다. 노인들은 자신들이 곧 죽을 것이라는 사실을 인지하게 되면서, 죽음이 그의 삶 전체에 영향을 미치고 지배하기에 이른다. 거기에 사회로부터의 소외와 단절의 상황까지 감당해야 한다면 그것은 자연스런 죽음이기보다는 자살이란 극단적인 선택을 초래하게 된다. 사회적으로 죽음을 준비한 노인은 책임감 있고 당연한 일로 받아들여지는 반면 그렇지 못한 사람은 인생 전체가 실패한 것으로 부정되기도 한다. 노인들은 "자신의 죽음이 자녀나 배우자 등의 가족들에게 미치는 영향을 두려워하는 경향이 높"[158]은데 그것은 죽음 그 자체보다도 자신이 가족들에게 짐이 되거나 염치없는 존재로 여겨지는 것에

---

157) 이동옥, 「영화에 재현된 노부부의 성별화된 관계와 죽음 결정:동반자살과 적극적 안락사를 중심으로」, 『미디어, 젠더 & 문화』 3, 한국여성커뮤니케이션학회, 2015, 129~130쪽 참조.
158) 윤가현 외, 「죽음의 불안과 노화과정」, 『한국노년학연구』 16, 한국노년학연구회, 2007, 161쪽.

대한 걱정이다. 노인이 자살을 하는 것은 삶을 마무리하는 가장 안타까운 선택이라 할 수 있다. 노년소설에는 병에 걸린 노인이 깨끗한 마무리를 위해 자살을 선택하는 경우가 비교적 많이 등장한다. 특히 가족이 없는 노인인 경우에는 누군가에게 깨끗하지 못하고 참혹한 주검으로 발견되는 것을 막기 위해 흔적조차 남기지 않을 방법을 찾기도 한다. 또한 노부부 중에 한 사람이 병에 걸렸을 경우 동반자살을 기도하는 모습까지도 포착된다. 이러한 측면에서 볼 때 노년소설에서도 노인의 자살문제가 심각한 소재로 부각되고 있음을 알 수 있다.

성공적 노화는 노인들의 경제력, 건강, 가족 지지, 여가, 사회활동 등 다양하고 복합적인 요인들의 영향을 받는다. 지금의 고령사회는 예전의 가족공동체 중심에서 노인 개인, 즉 '나' 중심의 생활로 변화되어 노인들이 자신의 주체적 의지로 삶을 주도하며 만족감을 누리게 되었다. 노인들은 자신의 경제력을 바탕으로 자식이나 사회로부터 독립적인 생활을 유지하고자 노력한다. 이를 통해 노인들은 자존감을 키우고 사회적 지지를 이끌어내는 것이다. 고령사회에서 노인들의 행복한 삶은 곧 건강한 사회와 연결되는 중요한 요소이다. 그러므로 노인들이 잘 살고 잘 늙을 수 있도록 사회적·국가적으로 실질적이고 장기적인 지원과 대책이 마련되어야한다.

이 책은 노년소설에 대해 통시적·총체적 접근을 통해 노인과 노년에 대한 의식의 성장과 사회적 제도의 변화를 확인할 수 있었다는 점에서 의미를 갖는다. 사회학적 연구가 노인문제에 대한 현상을 포착하여 앞으로의 해결방안을 모색한다면, 노년소설은 노인과 노년에 대한 형상화를 통해 노인문제에 대한 현실을 깨닫게 해준다. 즉 사회학적 연구가 이성적이고 객관적으로 노인문제를 설명한다면, 노년소설은 우리의 감정에 호소하여 노인문제의 심각성을 느끼게 해주는 것이라 하겠다. 이를 바탕으로 노년소설은 과거의 노인들을 이해하고 현재의 노인을 직시하며 미래 노인들의 긍정적인 모습을 추구할 수 있게 해준다. 노인에 대한 문학적 접근이나 사회학적 연구는 모두 노인문제에 대한 우려와 이의 극복을 위한 해결책을 유도하고 있다. 노인문제에 대한 문학적, 사회학적 접근과 이들의 상호보완적 이해를 기반으로 노인문제에 대한 적절한 대비가 가능하게 될 것이다.

앞으로의 노인들은 사회에서 그들의 지위를 유지하고 계속해서 영향력을 행사하는 세대가 될 것이다. 영화, 드라마, 연극 등의 문화예술계 전반에서도 노인에 관한 다양한 작품들이 활발하게 창작될 것이라 예측한다. 또한 노년소설도 이들 노인을 중심으로 그들만이 가진 초연한 의식과 자율적이고 주체적인 삶을 보다 풍요롭게 담아내게 될 것이다. 노인에 대한 의식의 변화와 성장을 바탕으로 향후 노년소설은 보다 깊이 있는 장르로 확대·발전할 것이라 전망한다.

# VI.

## 노년소설의 흐름 : 결론

# VI. 노년소설의 흐름 : 결론

　이 책은 근·현대의 험난한 역사와 시대적 상처를 간직한 노인과 그들의 노년에 대한 이해를 바탕으로 1970년대부터 1990년대까지의 노년소설에 구현된 노인과 노년의 삶을 통해 드러나는 노년소설의 흐름과 노인문제에 대한 의식의 변화를 분석하였다. 노년소설은 무기력하고 무능한 노인을 통해 근·현대사의 굴곡진 시대적 사건과 현실을 적나라하게 포착하고 고발한다. 초기 노년소설에 등장하는 노인들은 주변인으로 관찰의 대상이었지만, 지금은 분명한 그들의 삶을 살고 있으며 그들의 시선과 의식을 가지고 삶을 통찰하게 되었다. 노년소설은 시대와 역사의 흐름을 통찰하고 노인뿐만 아니라 인간의 삶 전체를 포용함으로써 문학사에서 새로운 흐름을 주도하는 장르라고 할 수 있다.

　1970년대는 가정 안에서의 노년에 대해 구체적으로 인식하고 형상화한 다수의 노년소설이 발표되었다. 노년소설의 태동기라는 시대적 특성으로 우리 주변, 가장 가까운 가정에서의 노인의 모습과 갈등에 주목하고 있다. 이 시기 노인들은 타자에 의해 관찰되고 있으며, 젊어서의 존재감이나 경제력을 상실한 그들의 현실은 비참하기까지 하다. 자식들이 인식하는 그들의 아버지나 어머니와의 관계에 집중한 오탁번의 <아버지와 치악산>과 조용만의 <아버지의 재혼>, 이청준의 <눈길> 등은 전통적 가부장제 가치관과 현대 개인주의 가치관의 대립을 적나라하게 보여준다. 자식들은 노인들에 대한 가부장제 가치관의 잔재로 자신들에게 강제된 공경에 대한 거부감을 적대감이나 측은지심, 애증 등의 양상으로 변모시켜 드러내고 있다. 자식들은 노인과 좋은 관계를 유지하지 못하면서도 아버지나 어머니의 존재나 무게를 인정하고 있으며 이를 통해 가정에서 노인의 자리가 어느 정도 확보되어 있음을 보여준다. 박완서의 <포말의 집>이나 <집 보기는 그렇게 끝났다>, <황혼>, 김영진의 <박노인의 죽음>은 며느리들에게 무시당하는 노인들의 모습을 폭로한다. 가족 간의 관계가 단절되면서 며느리들은 가부장제의 보수적인 관습에 반기를 들고 그들에게 강제된 무조건적인 부양의 의무에 반발한다. 노년소설은 이런 모순적인 가정 안에서 며느리들에게 멸시받고 학대당하는 노인의 모습을 형상화함으로써 더 이상 간과할 수 없는 가족 안에서의 노인문제를 응시하고 있다.

오정희의 <관계>와 <적요>에 등장하는 며느리나 딸은 아들처럼 아버지를 공경하지도 않고 그렇다고 다른 며느리들처럼 멸시하지도 않는다. 다만 그들은 반신불수의 노인에게 무관심으로 일관하며 방임하는 태도를 취하고 있을 뿐이다. 노인들은 그들의 외로움과 죽음에 대한 불안과 두려움으로 고통 받고 있다. 이 작품들은 가족의 방임으로 혼자 남은 노인들이 생겨나면서, 노인들이 범죄의 대상이 되거나 노인 스스로가 범죄자가 될 수도 있다는 새로운 노인문제에 대한 경각심을 일깨운다. 전상국의 <고려장>이 가정 안에 머물던 노인이 치매에 걸리면서 집밖으로 버려지기까지의 과정을 이야기한다면, 최인호의 <돌의 초상>은 이미 버려진 노인이 결국 다시 버려질 수밖에 없는 과정을 적나라하게 보여줌으로써 사회 이면의 어두운 현실을 들추고 있다. 집 안에서 감당할 수 없는 노인들이 사회로 유기되고, 내몰리면서 점차 사회적 문제로 부각되는 현실을 직시한다. 경제발전의 그늘에 가려진 자식들의 노인부양 부담과 경제적 고통은 극에 달하고, 결국 부모인 노인에 대한 멸시나 유기로 이어진다. 노년소설에서는 노인과 자식 간의 대립이나 가정에 감추어진 노인문제를 들추기도 하고, 사회적 변화와 발전으로 위협받고 소외되는 노인의 모습을 조명하기도 한다. 1970년대는 노인이 가정이나 사회에서 그의 지위와 역할을 위협받고 부담으로 인식되는 시기였다.

1980년대는 사회에서의 노인들에 주목하여 그들을 객관적 시선으로 바라보고, 노인들의 사회활동 혹은 노인공동체 생활에 주목한 작품들이 중심을 이루는 시기였다. 서동익의 <모습>, 박완서의 <가>, 우선덕의 <실감기>는 노부모의 부양에 대한 부담과 노인도 한 사람의 주체적 인간이라는 객관적 시선이 동시에 드러나는 작품들이다. 노년소설은 노인의 부양을 가족 내에서 감당하던 전통방식에 대한 관점의 변화와 사회적 책임으로 확대시켜야 한다는 실질적인 접근을 요구하고, 노인에 대한 새로운 시각을 통해 그들을 객관적으로 이해하고 수용한다는 점에서 의의가 있다. 안장환의 <목마와 달빛>이나 김문수의 <종말>은 무료한 일상을 사는 노년남성들의 외롭고 불행한 모습을 그려준다. 작품에서 자식들이나 사회적 시선은 노인의 삶을 억압하고 통제하며, 가족과 떨어져 외롭게 살던 노인을 범죄의 대상으로 치부한다. 노년소설에서는 노년남성들에 대한 고정적이고 획일화된 편견이 그들의 삶에 대한 의욕마저 좌절시키고 결국 그들의 노년이 불행해지는 현실을 보여주었다. 이 작품들은 노년남성에 대한 인식의 전환과 노년기의 주체적인 삶에 대한 새로운 견해를 요구한다.

박완서의 <지 알고 내 알고 하늘이 알건만>과 최창학의 <지붕>은 노인의 부양 문제를 해결하기 위해 새로운 부양방식이 모색되고 사회적 차원에서 수용시설부양의 형태가 등장한다. 가정에서는 제3자를 끌어들이고 사회적으로는 집단수용방식이 도입된다. 새로운 부양 형태로 부양의 문제가 완전히 해결되기는 어렵지만, 사회·국가적 차원에서 해결방안을 모색한다는 점에서 의미를 갖는다. 이 시기는 노인부양의 문제를 사회적 차원으로 확대하여 해결하려는 노력이 이루어지고 있음을 알 수 있다. 우선덕의 <비법>, <생일>, <작은 평화>, <굿바이 정순 씨> 등은 노인들의 공동체 생활을 담고 있다. 1980년대 노인들의 사회생활은 자발적이고 적극적인 참여로 이루어지기 보다는 타의에 의한 수동적인 것이었으며, 노인정이나 노인대학 등의 단체나 기관도 아직 활성화되지는 못한 시기였다. 노년소설은 노인들이 그들만의 방식으로 공동체생활을 유지하는 모습에 관심을 갖고 접근한다는 점에서 의미가 있다. 또한 노인들을 긍정적이고 생산적으로 수용할 수 있는 다양한 단체나 시설의 필요와 그에 따른 사회적·국가적 지원이 시급함을 지적한다. 1980년대 노년소설은 이전 시기 노인에 대한 수동적이고 부정적인 시각에서 벗어나 노인의 당당한 삶과 권리를 인식하고 인정하게 되는 과정의 과도기에 속한다고 할 수 있다. 노년소설은 노인의 모습과 현실을 객관적이고 이성적인 입장에서 접근하여 차근차근 그 영역을 구축해나가고 있음을 확인할 수 있다.

1990년대 노년소설은 노인이 자신의 노년을 인식하고 정체성을 찾아 자신들의 삶을 당당하게 영위하고자하는 움직임에 주목하고 있다. 박완서의 <너무도 쓸쓸한 당신>과 <마른 꽃>에서는 늙은 몸에 대한 의식과 견해를 솔직하게 드러낸다. 노년여성은 자신의 늙은 몸으로 인해 부부관계나 노년의 사랑에 대해서도 상당히 소극적이고 위축되어있음이 나타난다. 노년소설은 노인들도 젊은 사람들과 다름없는 인간적 존재로 인식되어야 함을 주장한다. 김성옥의 <겨울소나무>와 윤정선의 <해질녘>의 노인들은 노년의 삶에 대한 의지와 책임을 가지고 살아가는 인물들이다. 노인들은 자신들도 능동적 인격체로 인정받고, 젊은 사람들과 다름없는 보편적 삶을 추구할 권리가 있음을 인식한다. 그들은 가족과 사회로부터 독립하여 자신들의 의지대로 선택한 삶을 살고자 노력한다. 노인도 한 사람의 인격체로 노년의 삶을 추구하고 누릴 권리가 있으며, 늙음에 대한 나름의 고뇌와 두려움을 통해 그들에 대한 인간적인 이해를 유도하고 있다.

　송하춘의 <청량리역>과 김별아의 <끝나지 않은 노래>는 노인에 대한 부정적 평가가 그들의 존재 자체를 거부하고 부정하며, 결국 그들을 죽음으로 내모는 상황을 폭로한다. 노인들은 그들의 부정적 현실에서도 자식들을 위해 죽음을 선택하는 모성애를 드러내지만, 그들은 자신들의 비참한 상황을 다른 누구의 도움 없이 혼자서 감당할 수밖에 없다. 민병삼의 <신나는 달밤>과 정연희의 <날이 기울고 그림자가 갈 때에>, <우리가 사람일세 !·상>, <우리가 사람일세 !·完>은 노인복지시설인 양로원을 배경으로 한 작품들이다. 민병삼의 <신나는 달밤>이 양로원의 비정상적인 운영 실태를 고발하였다면, 정연희의 <날이 기울고 그림자가 갈 때에>, <우리가 사람일세 !·상>, <우리가 사람일세 !·完>은 노인들의 일상생활에 주목하고 있다. 노인들은 양로원에서 그들 나름대로 할 수 있는 일들을 찾고 적극적으로 시설에서의 생활에 적응하여 살아가는 모습을 보여준다. 노인들은 그들이 처한 현실을 순순히 수용하고 그 속에서 자발적이고 능동적으로 대응해 나가는 것을 알 수 있다. 이 작품들은 양로원의 노인들과 노인시설에 대한 사회적 관심을 유도하고 있으며, 동시에 이들의 삶의 질이나 시설의 실질적인 개선방안을 종용한다. 1990년대 노년소설은 노년의 삶과 노년의 의식이 서사의 중심으로 다양하게 드러나고 노인들이 자신의 주체성을 자각하고 확립한 시기였다. 노년소설은 노인 개인의 일상과 신념, 견해에 주목하고 있으며, 노인을 향한 고정적이고 획일화된 인식에서 벗어나 보다 진보적인 시각으로의 변화를 통하여 문학적 성과를 이루었다.

노년소설의 시대적 흐름을 살펴보면 노인과 노년에 대한 인식의 변화와 성장을 확인할 수 있다. 가정에서 노인이 그들의 권위를 위협받으면서 비롯된 가족문제로서의 노년서사는 시대가 흐름에 따라 점차 사회로 확대되어 드러나고 있다. 그것은 노인들 개인이 감당할 수 없을 만큼 가정 내에서 노인의 지위가 추락했음을 의미하는 것이다. 노인문제에 대한 사회적 대응으로의 노년서사는 사회로 드러나는 노인의 문제에 점차 관심을 가지고 그 해결책을 모색하려 시도하기 시작하였다. 또한 노인을 위한 실질적이고 체계적인 제도가 마련되는 것을 통해 노인에 대한 의식이 변화되고 있음을 알 수 있다. 노인의 자기 정체성 탐구로서의 노년서사는 초기 자기 존재에 대한 의심에서 출발하고 있으며, 그들의 삶에 대한 의지와 노력이 가족이나 사회의 편견에 부딪쳐 좌절되기도 한다. 그러나 노인은 자기 주체성을 확립하고자 끊임없이 노력하여 결국 그들의 삶과 권리를 인정받고 그들에 대한 사회적 인식의 각성과 노년의 주체적인 삶에 대한 의식의 전환을 유도하였다.

고령사회는 우리 사회·문화의 새로운 흐름을 주도하게 될 것이다. 현재는 사회학적으로 노인의 '성공적인 노화'에 주목하고, 그들의 삶을 지지하는 분위기가 조성되었다. 노인들을 위한 다양한 사회활동 지원과 건강과 의료 서비스의 연계의 필요, 노부부의 갈등해결 방안 모색, 노인범죄와 노인자살의 예방과 대책 등의 다각적인 사회학적 연구와 논의가 이루어지고 있다. 이러한 노인에 대한 문학적, 사회학적 접근은 노인문제에 대한 해결방안을 모색하고, 미래의 노인문제에 대한 적절한 대비를 가능하게 한다. 앞으로 노년소설은 노인들만이 가지는 초연한 의식과 자율적이고 주체적인 삶을 보다 풍요롭게 담아내어 지금까지와는 전혀 다른 새로운 가능성을 열어줄 것이다. 노인에 대한 의식의 변화와 성장을 바탕으로 향후 노년소설은 보다 깊이 있는 장르로 확대·발전할 것이라 전망한다.

한편, 책에서 미처 다루지 못한 전쟁을 배경으로 한 노년소설들을 간략하게 살펴보겠다. 한국전쟁은 우리의 역사에서 지울 수 없는 비극적인 사건으로 문학사에서 전후문학이라는 장르를 형성할 만큼 그 영향력이 대단했으며, 노년소설에서도 직, 간접적으로 전쟁을 경험한 노인들의 삶이 다루어진다. 전쟁 경험은 노인에게 체화되어 피해의식과 죄책감으로 나타나기도 하며, 노인의 삶뿐만 아니라 그 가족의 삶까지 비참하게 파괴한다. 또한 전쟁 체험은 노인들에게 다른 어떤 경험보다도 충격적인 사건으로 노년의 자기 수용과 회복을 방해하는 장애물로 작용한다. 노인들은 전쟁으로 인한 상실과 충격으로 노년의 삶을 피폐하게 살아가고 있으며, 현재도 지속되는 전쟁의 기억에서 벗어나지 못하고 여전히 고통스러워한다. 박완서의 「엄마의 말뚝」 2, 3, 유재용의 「어제 울린 총소리」, 문순태의 「문신의 땅」 1, 2, 3, 4, 최윤의 「아버지 감시」 등의 작품들은 모두 전쟁을 체험한 노인들이 현실에 적응하지 못하고 오히려 나이가 들수록 '버린 자이면서 버림받은 자이며, 잃어버린 자이면서도 빼앗은 자가 되어버린' 죄의식으로 괴로워하는 모습을 보여준다. 노인들에게 전쟁은 여전히 현재화로 지속되고 있으며 현재의 삶을 지배한다. 노인들은 주로 회상을 통해 전쟁과 관련된 기억을 소환하며, 그 충격적인 기억으로부터 벗어나지 못하고 지배당한다. 노인들은 과거에 고착된 존재로 현재를 부정하며, 현재의 외부 환경에 쉽게 적응하지 못하고 불안감과 위기의식으로 때론 충동적이고 맹목적인 모습을 보인다. 전쟁 후 많은 시간이 흐르고 사회는 발전과 풍요로 전쟁에 대한 기억을 잊고 점점 무관심해지지만, 전쟁 세대들이었던 노인들은 그들의 삶이 끝나는 날까지 비참한 전쟁의 기억과 상처에서 벗어나지 못하고 있음을 확인할 수 있다.

이 책은 1970년대부터 1990년대까지의 현대 노년소설을 시대별로 구분하여 그 흐름을 파악하고, 문학사에서 노년소설이 차지하는 위상과 가치를 살펴보았다. 노년소설의 시대적 흐름과 변모 양상을 통해 노인과 노년에 대한 의식의 성장과 사회적 제도의 정착 과정을 알게 되었다는 점에 의의가 있다. 노년소설이 보다 다양하고 깊이 있게 확대·발전하기 위해서는 노인이나 노년에 대한 의식의 변화가 반드시 필요하다. 이러한 의식의 변화는 노인을 대하는 사람들뿐만 아니라 노인들이 자신에 대한 의식이나 사고의 확립을 바탕으로 가능해질 것이다. 노인들의 적극적이고 당당한 자기인식이 이루어져야만 노년의 새로운 삶을 실현할 수 있으며, 노년소설은 이러한 노년을 담아냄으로써 문학적 발전을 이루고 위상을 정립하게 될 것이다. 책에서 다루지 못한 2000년대 이후의 노년소설에 대한 연구는 앞으로의 과제로 남겨둔다.

참고문헌

# 참고문헌

• 기본자료

김별아, <끝나지 않은 노래>, 『창작과 비평』, 1993. 가을호.
박완서, <마른꽃>, 『너무도 쓸쓸한 당신』, 창작과비평사, 1999.
_____, <너무도 쓸쓸한 당신>, 『너무도 쓸쓸한 당신』, 창작과비평사,
    1999.
_____, <황혼>, 『그의 외롭고 쓸쓸한 밤』, 문학동네, 2006.
_____, <포말의 집>, 『배반의 여름』, 문학동네, 2006.
_____, <겨울 나들이>, 『배반의 여름』, 문학동네, 2006.
_____, <집 보기는 그렇게 끝났다>, 『배반의 여름』, 문학동네, 2006.
서동익, <모습>, 『모습』, 북토피아, 2001.
송하춘, <청량리역>, 『제17회 이상문학상 수상작품집』, 문학사상사,
    1993.
안장환, <목마와 달빛>, 『목마와 달빛』, 신원문화사, 1996.

오정희, <적요>, 『야회』, 나남, 1990.

_____, <관계>, 『불의 강』, 문학과지성사, 2014.

오탁번, <아버지와 치악산>, 『한국대표문학 23권』, 금싱출판사, 1996.

우선덕, <실감기>, 『굿바이 정순 씨』, 서당, 1989.

_____, <비법>, 『굿바이 정순 씨』, 서당, 1989.

_____, <생일>, 『굿바이 정순 씨』, 서당, 1989.

_____, <작은 평화>, 『굿바이 정순 씨』, 서당, 1989.

_____, <굿바이 정순 씨>, 『굿바이 정순 씨』, 서당, 1989.

윤정선, <해질녘>, 『제16회 이상문학상 수상작품집』, 문학사상사, 1992.

이동하, <짧은 황혼>, 『문 앞에서』, 세계사, 2002. (1994)

이청준, 『눈길』, 열림원, 2008.

장한길, <불효자>, 『현대문학』, 1991. 7.

전상국, <고려장>, 『우상의 눈물』, 동아출판사, 1996.

정연희, <날이 기울고 그림자가 갈 때에>, 『현대문학』, 1992. 12.

_____, <우리가 사람일세!·상>, 『현대문학』, 1994. 5.

_____, <우리가 사람일세!·完>, 『현대문학』, 1994. 6.

최인호, 『돌의 초상』, 마음의 양서, 1983.

최창학, <지붕>, 『한국소설문학대계 63』, 동아출판사, 1995.

현길언, <죽음에 대한 몇 개의 삽화>, 『현대문학상 수상소설집』, 현대문학, 1993.

• 단행본

권영민,『한국현대문학사 1』, 민음사, 2013.
_____,『한국현대문학사 2』, 민음사, 2013.
김병익,『지성과 문학』, 문학과지성사, 1982.
김병익 외,『현대 한국문학의 이해』, 민음사, 1974.
김왕배,『도시, 공간, 생활세계』, 한울, 2000.
김윤식,『90년대 한국소설의 표정』, 서울대학교 출판부, 1994.
_____,『문학사의 새 영역』, 강, 2007.
김윤식 외,『한국현대문학사』, 현대문학, 2014.
김윤식 외 엮음,『소설, 노년을 말하다』, 황금가지, 2004.
김치수,『문학사회학을 위하여』, 문학과지성사, 2015.
김  현,『문학사회학』, 민음사, 1983.
_____,『한국문학의 위상, 문학사회학』, 문학과지성사, 2008.
류종렬,『한국 근대 소설의 탐구』, 푸른사상, 2014.
문학을 생각하는 모임,『한국문학에 나타난 노인의식』, 백남문화사,
        1996.
_____,『한국노년문학연구 II』, 국학자료원, 1998.
_____,『한국노년문학연구 III』, 푸른사상, 2001.
_____,『한국노년문학연구 IV』, 이회문화사, 2004.
서혜경,『노인 죽음학 개론』, 경춘사, 2009.
송현호,『한국 현대문학의 비평적 연구』, 국학자료원, 1996.
_____,『현대 소설의 분석』, 관동출판, 2003.
_____,『한국현대소설론』, 민지사, 2010.
_____,『한국 현대문학의 이주 담론 연구』, 태학사, 2017.

신덕룡, 「폭력의 시대와 1980년대 소설」, 『한국현대문학사』, 현대문학, 2014.

신수진·최준식, 『현대 한국사회의 이중가치체계』, 집문낭, 2004.

이경재, 『끝에서 바라본 문학의 미래』, 실천문학사, 2012.

이선영, 『문학비평의 방법과 실제』, 삼지원, 2003.

이어령, 『현대인이 잃어버린 것들』, 서문당, 1985.

이재선, 『현대 한국소설사 1945~1990』, 민음사, 1991.

임종철 외, 『70년대 한국사회』, 평민사, 1980.

임희섭, 『한국의 사회변동과 가치관』, 나남, 1994.

전도근, 『100세 쇼크』, 북포스, 2011.

전홍남, 『한국 현대 노년소설 연구』, 집문당, 2011.

정경희 외, 『노인문화의 현황과 정책적 함의』, 한국보건사회연구원, 2006.

정과리 외, 『의학은 나의 아내, 문학은 나의 애인』, 알음, 2008.

정동호 외, 『철학, 죽음을 말하다』, 산해, 2004.

정옥분, 『성인·노인심리학』, 학지사, 2008.

정진웅, 『노년의 문화인류학』, 한울, 2012.

천이두, 『한국소설의 관점』, 문학과지성사, 1980.

최병우, 『한국현대문학의 해석과 지평』, 국학자료원, 1997.

_____, 『다매체 시대의 한국문학 연구』, 푸른사상, 2003.

_____, 『한국 현대문학의 풍경과 주변』, 푸른사상, 2019.

최유찬·오성호, 『문학과 사회』, 실천문학사, 1994.

한국노년학회 편, 『노년학의 이해』, 대영문화사, 2000.

• 논 문

강은나·김혜진·정병오, 「후기 노년기 사회적 관계망 유형과 우울에 관한 연구」, 『사회복지연구』 46, 한국사회복지연구회, 2015.

김경신·이선미, 「노년기 부부갈등에 관한 고찰」, 『한국노년학연구』 9, 한국노년학회, 2000.

김광병, 「사회복지시설 종사자의 처우 및 지위보장 논거」, 『사회복지법제연구』, 사회복지법제학회, 2016.

김동옥·윤순녕, 「만성질환이 있는 일하는 노인의 건강행위 관련요인에 관한 탐색적 연구」, 『지역사회간호학회지』 23, 지역사회간호학회, 2012.

김병익, 「노년소설·침묵 끝의 소설 ─ 노년과 중년기 작가의 변모와 기대」, 『한국문학』, 1974. 4.

김상원, 「노인범죄의 실태와 원인」, 『공공정책연구』 33, 동의대 지방자치연구소, 2016.

김소륜, 「노년 여성의 몸과 "환멸(幻滅/還滅)"의 서사」, 『현대소설연구』 59, 현대소설학회, 2015.

김승연·고선규·권정혜, 「노인 집단에서 배우자의 사별 스트레스와 우울의 관계 ─ 사회적지지와 대처 행동의 조절효과」, 『한국심리학회지』 26, 한국심리학회, 2007.

김윤식, 「세상이란 동물의 급소 찾기」, 『제17회 이상문학상 수상작품집』, 문학사상사, 1993.

_____, 「한국문학 속의 노인성 문학 ─ 노인성 문학의 개념 정리를 위한 시론」, 『소설, 노년을 말하다』, 황금가지, 2004.

김애령, 「지배받는 몸, 자유로운 몸」, 『여성과 사회』 6, 한국여성연구소, 1995.

김익기, 「한국의 이농현상과 농촌의 구조적 빈곤」, 『농촌사회』, 한국농촌사회학회, 1991.

김진아, 「다니자키 준이치로 문학과 노인의 性」, 동덕여대 박사학위 논문, 2002.

나병철, 「1970년대의 유민화 된 민중과 디세미네이션의 미학」, 『청람어문교육』 56, 청람어문교육학회, 2015.

류보선, 「개념에의 저항과 차이의 발견」, 『부끄러움을 가르칩니다』, 문학동네, 2006.

류종렬, 「한국 현대 노년소설사 연구」, 『한국문학논총』 50, 한국문학회, 2008.

문혜원, 「한국 전후시의 실존의식 연구」, 『한국의 현대 문학 연구』 5, 한국현대문학회, 1997.

박성혜, 「박완서 소설의 창작 방법론 연구-중·단편소설의 서사화 기법을 중심으로」, 단국대 박사학위 논문, 2014.

박혜경, 「저문 날의 삽화, 혹은 소시민적 삶의 풍속도」, 『저문 날의 삽화』, 문학과지성사, 1994.

변정화, 「시간, 체험, 그리고 노년의 삶-이선의 「이사」와 「뿌리내리기」를 대상으로」, 『한국문학에 나타난 노년의식』, 백남문화사, 1996.

백지은·최혜경, 「한국노인들이 기대하는 성공적인 노화의 개념, 유형 및 예측요인」, 『한국가정관리학회지』 23, 한국가정관리학회, 2005.

안지연·한은영, 「노인부양가구의 가족갈등에 대한 연구」, 『노인복지연구』 61, 한국노인복지학회, 2013.

유남옥, 「풍자와 연민의 이중성-박완서 소설에 나타난 노인」, 『한국문학에 나타난 노인의식』, 백남문화사, 1996.

유재용, 「한과 죄의식의 문학」, 『제18회 동인문학상 수상작품집』, 조선
　　　일보사, 1987.

윤가현 외, 「죽음의 불안과 노화과정」, 『한국노년학연구』16, 한국노년
　　　학연구회, 2007.

윤현숙·김영범·허소영, 「한국 노년학 연구에 대한 비판적 고찰」, 『한국
　　　노년학』26, 한국노년학회, 2006.

이건호, 「고령화 사회에서의 노인의 범죄피해와 노인학대」, 『한국의료
　　　법학회지』16, 한국의료법학회, 2008.

이동옥, 「영화에 재현된 노부부의 성별화된 관계와 죽음 결정:동반자살
　　　과 적극적 안락사를 중심으로」, 『미디어, 젠더 & 문화』3, 한국
　　　여성커뮤니케이션학회, 2015.

이병훈, 「의학과 문학의 접점들」, 『의학과 문학』, 문학과지성사, 2004.

＿＿＿, 「결핵과 러시아 문학」, 『감염병과 인문학』, 도서출판 강, 2014.

이선미, 「박완서 소설의 서술성 연구」, 연세대 박사학위 논문, 2001.

이은실, 「1970년대 도시소설의 양상 연구」, 『한민족문화연구』6, 한민
　　　족문화학회, 2000.

이정숙 A, 「가족 상봉 소설의 형상화 연구」, 『한중인문학연구』25, 한중
　　　인문학회, 2008.

이정숙 B, 「1970년대 한국소설에 나타난 가난의 정동화」, 서울대 박사
　　　학위 논문, 2014.

이정우, 「죽음은 자연으로의 회귀이다」, 『철학, 죽음을 말하다』, 산해, 2004.

이재선, 「인간을 투시하는 긍정적 시선」, 『제16회 이상문학상 수상작품
　　　집』, 문학사상사, 1992.

이찬훈, 「현대 사회 구조와 주체성」, 『대동철학』5, 대동철학회, 1999.

이평전, 「김원일 소설의 '기억'과 '회상' 연구」, 『우리문학연구』39, 우리

문학회, 2013.

장수경, 「『우아한 거짓말』에 나타난 1인칭 시점과 다중시점의 서술전략과 욕망」, 『한국문예창작』 15, 문예창작학회, 2016.

전홍남, 「박완서 노년소설의 시학과 문학적 함의(II)」, 『국어문학』, 국어문학회, 2010.

_____, 「문순태 노년소설에 나타난 '노인상'과 소통의 방식」, 『국어문학』, 국어문학회, 2012.

정규웅, 「낯설음 속의 낯익음」, 『굿바이 정순 씨』, 서당, 1989.

정인숙, 「노년기 여성의 '늙은몸/아픈 몸'에 대한 인식」, 『한국고전여성문학연구』 21, 한국고전여성문학회, 2010.

조미아, 「노인들의 사회활동 참여에 관한 연구」, 『한국비블리아학회지』 22, 한국비블리아학회, 2011.

주재진, 「범죄에 있어서 노인의 양면적 지위특성에 관한 연구─노인범죄 및 범죄피해에 대한 국내연구 개관을 중심으로」, 『한국범죄심리연구』 7, 한국범죄심리학회, 2011.

천이두, 「원숙과 패기」, 『문학과 지성』, 1976. 여름호.

최명숙, 「최일남 소설에 나타난 죽음 의식 연구─『아주 느린 시간』을 중심으로」, 『현대소설연구』 55, 한국현대소설학회, 2014.

최병우, 「한국현대소설과 로컬리즘」, 『현대소설연구』 58, 한국현대소설학회, 2015.

최용성, 「박완서 소설에 나타난 1970년대의 가족·모성윤리에 관한 연구」, 『윤리교육연구』 16, 한국윤리교육학회, 2008.

최은영·김정석, 「최근 사회노년학의 연구동향─한국노년학회지 게재 논문의 '노인'개념과 주제 분석」, 『사회과학연구』, 동국대 사회과학연구원, 2012.

최혜경, 「지역사회 거주 노인의 성공적 노화 수준과 예측 요인 — 한국적 성공적 노화 개념을 중심으로」, 『사회과학연구』24, 충남대 사회과학연구소, 2013.

최혜경·백지은·서선영, 「노인들의 인식을 통한 한국적인 성공적 노화의 개념」, 『한국가정관리학회지』23, 한국가정관리학회, 2005.

한정란, 「한국노년학 30년을 통해 본 노년교육 관련 연구」, 『한국노년학』28, 한국노년학회, 2008.

한혜경, 「의료와 미디어 산업의 노년 담론에 대한 비판적 고찰:젊음의 연장이 아닌 노년의 복원」, 『인문사회과학연구』13, 부경대 인문사회과학연구소, 2012.

함정임, 「한국현대소설에 나타난 파리의 정체성 탐구」, 『프랑스문화연구』31, 한국프랑스문화학회, 2015.

황임경, 「질병과 이야기」, 『서강인문논총』40, 서강대 인문과학연구소, 2014.


• 외국서적 및 번역서

尾形明子, 長谷川啓編, 『老いの愉楽 :「老人文学」の魅力』, 東京堂出版, 2008.

鈴木斌, 『老人文学論 : 戦争·政治·性をめぐって』, 東京:菁柿堂, 2011.

Antoninus, M. A. & Cicero, M. T., 『아우렐리우스 명상록/키케로 인생론』, 김성숙 역, 동서문화사, 2015.

Bakhtin, Mikkail M., 『장편소설과 민중언어』, 전승희 외 역, 창작과비평사, 1988.

Bate, Jonathan, *The Public Value of The Humanities*, London:Bloomsbury, 2011.

Beauvoir, Simone de, 『노년(Old Age)』, 홍상희·박혜영 역, 책세상, 2002.

Benjamin, Walter, 『발터 벤야민의 문예이론』, 반성완 역, 민음사, 1983.

Bergson, Henri, 『물질과 기억』, 박종원 역, 아카넷, 2005.

Butler, Judith, 『불확실한 삶』, 양효실 역, 경성대학교출판부, 2012.

Cicero, M. T., 『키케로의 노년에 대하여』, 정윤희 역, 소울메이트, 2015.

Genette, Gerard, 『서사담론』, 권택영 역, 교보문고, 1992.

Goldmann, Lucien, 『문학사회학 방법론』, 박영신 외 역, 현상과인식, 1980.

_____, 『소설사회학을 위하여』, 조경숙 역, 청하, 1982.

Harris, D. K. & Cole, W. E., 『노년사회학』, 최신덕 역, 경문사, 1991.

Heidegger, Martin, 『존재와 시간』, 이기상 역, 까치, 2013.

Hume, Kathryn, 『환상과 미메시스』, 한창엽 역, 푸른나무, 2000.

Kristeva, Julia, 『공포의 권력』, 서민원 역, 동문선, 2001.

Lefebvre, Henri, 『현대세계의 일상성』, 박정자 역, 기파랑, 2004.

Lemaire, Anika, 『자크 라캉』, 이미선 역, 문예출판사, 1994.

Levinas, Emmanuel, 『시간과 타자』, 강영안 역, 문예출판사, 2015.

Lukacs, Georg, 『소설의 이론』, 김경식 역, 문예출판사, 2012.

Pat, Thane(ed.), 『노년의 역사』, 안병직 역, 글항아리, 2012.

Rimmon, Kenan, 『소설의 현대 시학』, 최상규 역, 예림기획, 2003.

Robert, Marthe, 『기원의 소설, 소설의 기원』, 김치수·이윤옥 역, 문학과지성사, 1999.

Segal, Julia, 『멜라니 클라인』, 김정욱 역, 학지사, 2009.

Stanzel, F. K., 『소설의 이론』, 김정신 역, 문학과비평사, 1992.

Turner, Bryan S., 『몸과 사회』, 임인숙 역, 몸과마음, 2002.

Walker, A., "Dependency and Old Age", *Social Policy and Administration* *16*, Blackwell publishing ltd, 1982.

Waugh, Patricia, 『메타픽션』, 김상구 역, 열음사, 1989.

Wyatt-Brown, Anne M. & Rossen, Janice, *Aging and Gender in Literature*, The University Press of Virginia, 1993.

부록 1

1970~1990년대
노년소설 목록

# 1970~1990년대
# 노년소설 목록

## • 1970년대

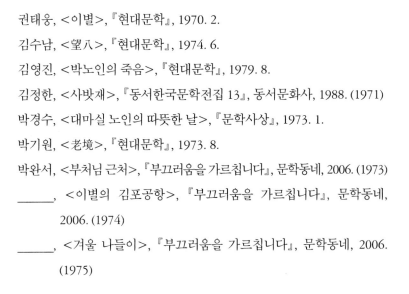

권태웅, <이별>, 『현대문학』, 1970. 2.

김수남, <望八>, 『현대문학』, 1974. 6.

김영진, <박노인의 죽음>, 『현대문학』, 1979. 8.

김정한, <사밧재>, 『동서한국문학전집 13』, 동서문화사, 1988. (1971)

박경수, <대마실 노인의 따뜻한 날>, 『문학사상』, 1973. 1.

박기원, <老境>, 『현대문학』, 1973. 8.

박완서, <부처님 근처>, 『부끄러움을 가르칩니다』, 문학동네, 2006. (1973)

_____, <이별의 김포공항>, 『부끄러움을 가르칩니다』, 문학동네, 2006. (1974)

_____, <겨울 나들이>, 『부끄러움을 가르칩니다』, 문학동네, 2006. (1975)

_____, <포말의 집>, 『배반의 여름』, 문학동네, 2006. (1976)

_____, <그 살벌했던 날의 할미꽃>, 『배반의 여름』, 문학동네, 2006. (1977)

_____, <집 보기는 그렇게 끝났다>, 『배반의 여름』, 문학동네, 2006. (1978)

_____, <황혼>, 『그의 외롭고 쓸쓸한 밤』, 문학동네, 2006. (1979)

박용숙, <밀감 두 개>, 『창작과 비평』, 1974. 봄호.

방영웅, <고서방과 방영감>, 『현대문학』, 1974. 3.

백우암, <갯벌>, 『창작과 비평』, 1974. 겨울호.

손소희, <갈가마귀 그 소리>, 『정통한국문학대계 16』, 어문각, 1986. (1970)

안장환, <이태백이 놀던 달아>, 『현대문학』, 1971. 11.

_____, <회색일>, 『한국대표문학 18권』, 금성출판사, 1996. (1973)

_____, <동통>, 『한국대표문학 18권』, 금성출판사, 1996. (1975)

오유권, <두 노모>, 『현대문학』, 1977. 1.

오유원, <가을밤 이야기>, 『문학사상』, 1976. 9.

오정희, <관계>, 『불의 강』, 문학과지성사, 2014. (1973)

_____, <적요>, 『야회』, 나남, 1990. (1976)

_____, <저녁의 게임>, 『이상문학상 작품집』, 문학사상사, 1979.

오탁번, <寓話의 집>, 『현대문학』, 1974. 2.

_____, <아버지와 치악산>, 『한국대표문학 23권』, 금성출판사, 1996. (1979)

유승휴, <農旗>, 『현대문학』, 1970. 1.

_____, <뿌리와 노농>, 『현대문학』, 1976. 2.

유우희, <밤바다에 내리는>, 『현대문학』, 1971. 6.

윤항묵, <인간적>,『현대문학』, 1974. 3.

이규희, <황홀한 여름의 소멸>,『한국대표문학 18권』, 금성출판사, 1996. (1977)

이병주, <정학준>,『이상문학상 작품집』, 문학사상사, 1977.

이청준, <꽃동네의 합창>,『매잡이』, 민음사, 1980. (1976)

_____,『눈길』, 열림원, 2008. (1977)

이항열, <왕국>,『현대문학』, 1972. 12.

전상국, <고려장>,『우상의 눈물 외』, 동아출판사, 1995. (1978)

_____, <잊고 사는 세월>,『한국대표문학 18권』, 금성출판사, 1996. (1979)

조용만, <아버지의 재혼>,『현대문학』, 1977. 6.

최상규, <푸른 미소>,『신동아』, 1973. 5.

최인호, <돌의 초상>,『돌의 초상 외』, 마음의양서, 1983. (1978)

최정희, <탑돌이>,『한국문학대전집 23』, 학원출판공사, 1987. (1975)

추  식, <나옹전>,『나옹전』, 1970. 2.

한각수, <뿌리>,『창작과 비평』, 1975. 여름호.

한규성, <수의>,『현대문학』, 1977. 3.


• 1980년대

강무창, <외할머니의 끈>,『현대문학』, 1988. 4.

권광욱, <뿌리찾기>,『현대문학』, 1985. 11.

김문수, <종말>,『비일본계』, 솔, 2015. (1986)

김영진, <북부의 겨울>,『현대문학』, 1986. 9.

김용운, <손영감의 어느 날>, 『문학사상』, 1983. 5.

김원우, <망가진 동체>, 『문학사상』, 1983. 5.

_____, <투명한 숨결>, 『현대문학』, 1986. 8.

김원일, <未忘>, 『마음의 감옥』, 동아출판사, 1995. (1982)

김의정, <풍경·A>, 『현대문학』, 1988. 10.

김지원, <다리>, 『문학사상』, 1986. 9.

문순태, <文身의 땅 1>, 『문신의 땅』, 동아, 1988.

_____, <文身의 땅 2>, 『문신의 땅』, 동아, 1988.

_____, <文身의 땅 3>, 『문신의 땅』, 동아, 1988.

_____, <文身의 땅 4>, 『문신의 땅』, 동아, 1988.

박경수, <시골맛>, 『현대문학』, 1989. 8.

박완서, <엄마의 말뚝 2>, 『박완서 소설전집 11권』, 세계사, 2012. (1981)

_____, <엄마의 말뚝 3>, 『박완서 소설전집 11권』, 세계사, 2012. (1981)

_____, <유실>, 『박완서 소설전집 11권』, 세계사, 2012. (1982)

_____, <지 알고 내 알고 하늘이 알건만>, 『이상문학상 작품집』, 문학사상사, 1985.

_____, <저문 날의 삽화 3>, 『저문 날의 삽화』, 문학과지성사, 1994. (1988)

_____, <저문 날의 삽화 4>, 『저문 날의 삽화』, 문학과지성사, 1994. (1988)

_____, <저문 날의 삽화 5>, 『저문 날의 삽화』, 문학과지성사, 1994. (1988)

_____, <家>, 『저문 날의 삽화』, 문학과지성사, 1994. (1989)

백용운, <고가>, 『현대문학』, 1985. 2.

서동익, <모습>, 『모습』, 북토피아, 2001. (1989)

손영목, <세월의 더께>, 『현대문학』, 1989. 4.

안장환, <밤으로의 긴 여행>, 『현대문학』, 1986. 9.

_____, <목마와 달빛>, 『목마와 달빛』, 신원문화사, 1996. (1988)

오유권, <농부>, 『현대문학』, 1986. 7.

오정희, <동경>, 『20세기 한국소설 33』, 창비, 2007. (1982)

우선덕, <실감기>, 『굿바이 정순 씨』, 서당, 1989.

_____, <만월>, 『굿바이 정순 씨』, 서당, 1989.

_____, <풀>, 『굿바이 정순 씨』, 서당, 1989.

_____, <작은 평화>, 『굿바이 정순 씨』, 서당, 1989.

_____, <비법>, 『굿바이 정순 씨』, 서당, 1989.

_____, <생일>, 『굿바이 정순 씨』, 서당, 1989.

_____, <굿바이 정순 씨>, 『굿바이 정순 씨』, 서당, 1989.

유재용, <귀향>, 『동서문학』, 1985. 12.

_____, <어제 울린 총소리>, 『동인문학상 수상작품집』, 조선일보사, 1987.

윤정모, <누에는 왜 고치를 떠나지 않는가>, 『이상문학상 작품집』, 문학사상사, 1986.

이원규, <바다소리>, 『현대문학』, 1988. 7.

이채형, <忍冬>, 『현대문학』, 1985. 2.

이철호, <죽음을 훔친 노인>, 『현대문학』, 1989. 12.

이청준, <해변 아리랑>, 『이상문학상 작품집』, 문학사상사, 1985.

정찬주, <쥐방울 꽃>, 『문학사상』, 1988. 9.

정한숙, <출발이 다른 사람들>, 『현대문학』, 1988. 1.

조갑상, <사라진 사흘>, 『다시 시작하는 끝』, 세계일보, 1990. (1985)

조정래, <유형의 땅>, 『유형의 땅』, 해냄, 2012. (1981)

최일남, <흐르는 북>, 『이상문학상 작품집』, 문학사상사, 1986.

최창학, <지붕>, 『한국 소설문학대계 63』, 동아출판사, 1995. (1986)

최해군, <한세월 지나고 보니>, 『현대문학』, 1980. 8.

_____, <미련한 사람들>, 『현대문학』, 1985. 3.

한승원, <해변의 손길>, 『이상문학상 작품집』, 문학사상사, 1988.

황영옥, <황혼>, 『현대문학』, 1986. 12.

## • 1990년대

김문수, <살아나는 屍身들>, 『가출』, 답게, 1997.

_____, <만취당기>, 『비일본계』, 솔, 2015. (1998)

김별아, <끝나지 않은 노래>, 『창작과 비평』, 1993. 가을호.

김성옥, <겨울소나무>, 『현대문학』, 1990. 9.

김영현, <비둘기>, 『동인문학상 수상작품집』, 조선일보사, 1993.

김인숙, <겨울에 관한 이야기>, 『이상문학상 작품집』, 문학사상사, 1998.

김중태, <기적>, 『현대문학』, 1991. 5.

김현숙, <삼베팬티>, 『현대문학』, 1993. 8.

김희지, <꿀방귀>, 『현대문학』, 1996. 9.

민병삼, <신나는 달밤>, 『문학사상』, 1990. 3.

박경수, <감나무집 마나>, 『현대문학』, 1991. 10.

박명희, <아주 작은 소원 하나>, 『문학사상』, 1994. 10.

박순녀, <끝내기>,『현대문학』, 1990. 4.

박완서, <우황청심환>,『저문 날의 삽화』, 문학과지성사, 1994.

_____, <너무도 쓸쓸한 당신>,『너무도 쓸쓸한 당신』, 창작과비평사, 1998. (1997)

_____, <길고 재미없는 영화가 끝나갈 때>,『너무도 쓸쓸한 당신』, 창작과비평사, 1998.

_____, <그 여자의 집>,『니무도 쓸쓸한 당신』, 창작과비평사, 1998. (1997)

_____, <마른 꽃>,『너무도 쓸쓸한 당신』, 창작과비평사, 1998. (1995)

_____, <환각의 나비>,『너무도 쓸쓸한 당신』, 창작과비평사, 1998. (1995)

_____, <꽃잎 속의 가시>,『너무도 쓸쓸한 당신』, 창작과비평사, 1998.

박정란, <당신의 자리>,『현대문학』, 1999. 4.

서혜림, <골 깊은 산>,『문학사상』, 1994. 7.

송기원, <다시 월문리에서>,『동인문학상 수상작품집』, 조선일보사, 1993.

송하춘, <청량리역>,『이상문학상 작품집』, 문학사상사, 1993.

심상대, <망월>,『동인문학상 수상작품집』, 조선일보사, 1999.

안장환, <아버지의 영토>,『목마와 달빛』, 신원문화사, 1996. (1992)

_____, <향수>,『목마와 달빛』, 신원문화사, 1996. (1993)

안정효, <커피와 할머니>,『김유정문학상 수상작품집』, 동서문학사, 1992.

_____, <惡父傳>,『김유정문학상 수상작품집』, 동서문학사, 1992.

양영호, <혼백의 여행>,『현대문학』, 1990. 8.

오정희, <얼굴>,『작가세계』, 1999. 봄호.

우선덕, <그대 가슴에 들꽃 가득하고>,『현대문학』, 1990. 4.

윤대녕, <새무덤>,『현대문학』, 1994. 8.

윤정선, <해질 녘>,『이상문학상 작품집』, 문학사상사, 1992.

_____, <사랑이 흐르는 소리>,『문학사상』, 1992. 4.

이동하, <땀>,『이상문학상 작품집』, 문학사상사, 1990.

_____, <문 앞에서>,『문 앞에서』, 세계사, 2002. (1992)

_____, <짧은 황혼>,『문 앞에서』, 세계사, 2002. (1994)

이문구, <장곡리 고욤나무>,『한국소설문학내계』 55, 동아출판사, 1996.

이  선, <뿌리내리기>,『기억의 장례』, 민음사, 1990.

_____, <흉몽과 길몽>,『행촌 아파트』, 민음사, 1991.

_____, <종소리 울리는 저녁 식탁>,『행촌 아파트』, 민음사, 1991.

_____, <원장과 촌장>,『행촌 아파트』, 민음사, 1991.

_____, <이사>,『배꽃』, 민음사, 1993.

_____, <동상이몽>,『배꽃』, 민음사, 1993.

_____, <주인 노릇>,『배꽃』, 민음사, 1993.

_____, <몰락>,『문학사상』, 1994. 11.

이순원, <수색, 어머니의 가슴 속으로 흐르는 무늬>,『제27회 동인문학상 수상작품집』, 조선일보사, 1996.

이승하, <그리운 그 냄새>,『문학사상』, 1994. 4.

이창동, <운명에 관하여>,『제 2회 김유정문학상 수상작품집』, 동서문학사, 1991.

이청준, <흉터>,『현대문학』, 1992. 2.

이청해, <풍악소리>,『문학사상』, 1992. 3.

이형덕, <까마귀와 사과>,『현대문학』, 1993. 5.

임현택, <소리의 벽>,『현대문학』, 1993. 3.

장한길, <불효자>,『현대문학』, 1991. 7.

정구창, <이장타령>,『현대문학』, 1990. 6.

정연희, <날이 기울고 그림자가 갈 때에>,『현대문학』, 1992. 12.

_____, <우리가 사람일세!·상>,『현대문학』, 1994. 5.

_____, <우리가 사람일세!·完>,『현대문학』, 1994. 6.

정한숙, <비만증>,『문학사상』, 1990. 2.

최  윤, <아버지 감시>,『동인문학상 수상작품집』, 조선일보사, 1991.

최예원, <오시계>,『문학사상』, 1994. 7.

최  학, <뿌리>,『문학사상』, 1990. 3.

현길언, <죽음에 대한 몇 개의 삽화>,『현대문학상 수상소설집』, 현대
문학, 1993.

홍상화, <유언>,『현대문학』, 1992. 4.

1970~1990년대
노년소설 시점 및 작가 분포도

## • 1970년대 노년소설

| | 30, 40 대 | 50, 60 대 |
|---|---|---|
| 1<br>인<br>칭 | 김수남(32), <望八><br>박완서(43), <부처님 근처><br>_____(45), <겨울 나들이><br>_____(46), <포말의 집><br>_____(47), <그 살벌했던 날의 할미꽃><br>_____(48), <집 보기는 그렇게 끝났다><br>박용숙(40), <밀감 두 개><br>오탁번(37), <아버지와 치악산><br>오정희(30), <적요><br>_____(32), <저녁의 게임><br>이청준(39), <눈길><br>최인호(34), <돌의 초상> | 조용만(69), <아버지의 재혼> |
| 3<br>인<br>칭 | 권태웅(37), <이별><br>김영진(35), <박노인의 죽음><br>박경수(44), <대마실 노인의 따뜻한 날><br>박기원(45), <노경><br>박완서(44), <이별의 김포공항><br>_____(48), <황혼><br>방영웅(33), <고서방과 방영감><br>백우암(37), <갯벌><br>안장환(38), <이태백이 놀던 달아><br>오탁번(32), <우화의 집><br>유우희(31), <밤바다에 내리는><br>이청준(38), <꽃동네의 합창><br>전상국(39), <고려장> | 김정한(64), <사밧재><br>손소희(54), <갈가마귀 그 소리><br>오유권(50), <두 노모><br>유승휴(50), <농기(農旗)><br>_____(56), <뿌리와 老農><br>이항열(64), <왕국><br>최정희(64), <탑돌이> |

## • 1980년대 노년소설

| | 30, 40 대 | 50, 60 대 |
|---|---|---|
| 1 인 칭 | 김영진(42), <북부의 겨울><br>김원일(40), <미망><br>서동익(42), <모습><br>오정희(35), <동경><br>우선덕(36), <실감기><br>____(36), <만월><br>____(36), <풀><br>윤정모(40), <누에는 왜 고치를 떠나<br>지 않는가><br>정찬주(36), <쥐방울 꽃><br>조갑상(37), <사라진 사흘> | 강무창(51), <외할머니의 끈><br>김의정(59), <풍경·A><br>문순태(50), <문신의 땅 2><br>박완서(50), <엄마의 말뚝 2><br>____(50), <엄마의 말뚝 3><br>____(57), <저문 날의 삽화 3><br>____(57), <저문 날의 삽화 4><br>안장환(53), <밤으로의 긴 여행><br>최해군(55), <한세월 지나고 보니> |
| 3 인 칭 | 권광욱(46), <뿌리찾기><br>김문수(48), <종말><br>김용운(44), <손영감의 어느 날><br>김원우(37), <망가진 동체><br>____(40), <투명한 숨결><br>김지원(45), <다리><br>손영목(45), <세월의 더께><br>우선덕(36), <비법><br>____(36), <생일><br>____(36), <작은 평화><br>____(36), <굿바이 정순 씨><br>이원규(42), <바다소리><br>이채형(40), <인동(忍冬)><br>이철호(49), <죽음을 훔친 노인><br>이청준(46), <해변아리랑><br>최창학(46), <지붕> | 문순태(50), <문신의 땅 1><br>____(50), <문신의 땅 3><br>____(50), <문신의 땅 4><br>박경수(60), <시골맛><br>박완서(51), <유실><br>____(54), <지 알고 내 알고 하늘이<br>알건만><br>____(57), <저문 날의 삽화 5><br>____(58), <家><br>백용운(56), <고가><br>유재용(52), <어제 울린 총소리><br>안장환(55), <목마와 달빛><br>오유권(59), <농부(農婦)><br>유재용(50), <귀향><br>정한숙(67), <출발이 다른 사람들><br>최일남(55), <흐르는 북><br>최해군(60), <미련한 사람들> |

## • 1990년대 노년소설

| | 30, 40 대 | 50, 60 대 |
|---|---|---|
| 1인칭 | 박명희(47), <아주 작은 소원 하나><br>서혜림(47), <골 깊은 산><br>신경숙(35), <감자 먹는 사람들><br>윤대녕(33), <새무덤><br>윤정선(45), <해질 녘><br>이 선(39), <흉몽과 길몽><br>_____(41), <주인 노릇><br>_____(41), <이사><br>_____(42), <몰락><br>이동하(49), <땀><br>이순원(39), <수색, 어머니 가슴으로<br>흐르는 무늬><br>최 윤(39), <아버지 감시><br>최예원(32), <오시계> | 김문수(60), <만취당기><br>민병삼(50), <신나는 달밤><br>박완서(65), <마른꽃><br>_____(67), <그 여자네 집><br>_____(68), <꽃잎 속의 가시><br>_____(68), <길고 재미없는 영화가<br>끝나갈 때><br>안장환(60), <향수><br>장한길(58), <불효자><br>현길언(54), <죽음에 대한 몇 개의<br>삽화><br>홍상화(53), <유언> |
| 3인칭 | 김현숙(44), <삼베팬티><br>우선덕(37), <그대 가슴에 들꽃 가득<br>하고><br>윤정선(45), <사랑이 흐르는 소리><br>이 선(38), <뿌리내리기><br>_____(39), <종소리 울리는 저녁 식탁><br>_____(39), <원장과 촌장><br>_____(41), <동상이몽><br>이청해(45), <풍악소리><br>이형덕(38), <까마귀와 사과><br>최 학(41), <뿌리> | 박경수(62), <감나무집 마나><br>박순녀(63), <끝내기><br>박완서(61), <우황청심환><br>_____(65), <환각의 나비><br>_____(67), <너무도 쓸쓸한 당신><br>송하춘(50), <청량리역><br>안정효(52), <커피와 할머니><br>_____(52), <악부전><br>안장환(59), <아버지의 영토><br>양영호(53), <혼백의 여행><br>오정희(53), <얼굴><br>이동하(51), <문 앞에서><br>_____(53), <짧은 황혼><br>이청준(54), <흉터><br>정구창(65), <이장타령><br>정연희(57), <날이 기울고 그림자가<br>갈 때에><br>_____(59), <우리가 사람일세!·상 ><br>_____(59), <우리가 사람일세!· 完> |

전쟁 체험을 다룬
노년소설 목록

| 시대 | 작품 |
|---|---|
| 1970년대 | 박완서, <이별의 김포공항> |
| | _____, <부처님 근처> |
| | _____, <그 살벌했던 날의 할미꽃> |
| | 유우희, <밤바다에 내리는> |
| | 윤항묵, <인간적> |
| 1980년대 | 김영진, <북부의 겨울> |
| | 문순태, <문신의 땅> 1, 2, 3, 4 |
| | 박완서, <엄마의 말뚝> 2, 3 |
| | 유재용, <귀향> |
| | _____, <어제 울린 총소리> |
| | 윤정모, <누에는 왜 고치를 떠나지 않는가> |
| | 이원규, <바다소리> |
| | 정찬주, <쥐방울 꽃> |
| | 조갑상, <사라진 사흘> |
| 1990년대 | 김중태, <기적> |
| | 박완서, <그 여자네 집> |
| | 양영호, <혼백의 여행> |
| | 이   선, <흉몽과 길몽> |
| | _____, <뿌리 내리기> |
| | 이창동, <운명에 관하여> |
| | 이청해, <풍악소리> |
| | 정연희, <우리가 사람일세 !·상> |
| | _____, <우리가 사람일세 !·完> |
| | 정한숙, <비만증> |
| | 최예원, <오시계> |
| | 최   윤, <아버지 감시> |
| | 현길언, <죽음에 대한 몇 개의 삽화> |
| | 홍상화, <유언> |

지은이 │ **최선호(崔善鎬)**

　　지은이 최선호는 한남대학교 국어국문학과에서 「전후 성장소설의 유년 주인공과 서술시점 연구」로 석사학위를, 아주대학교 국어국문학과에서 「현대 노년소설 연구」로 박사학위를 받았다. 논문으로 2015년 「『무정』에 나타난 디아스포라 의식」과 2016년 「이광수의 『사랑의 동명왕』에 나타난 가족로망스 연구」가 있다. 현재 경기과학기술대학교 기초교양과 강사로 재직 중이다.

# 한국 현대 노년소설 연구

| | |
|---|---|
| 초판 1쇄 인쇄일 | 2019년 03월 25일 |
| 초판 1쇄 발행일 | 2019년 04월 08일 |

| | |
|---|---|
| 지은이 | 최선호 |
| 펴낸이 | 정진이 |
| 편집장 | 김효은 |
| 편집/디자인 | 우정민 박재원 |
| 마케팅 | 정찬용 정구형 |
| 영업관리 | 한선희 우민지 |
| 책임편집 | 우정민 |
| 펴낸곳 | 국학자료원 새미 (주) |
| | 등록일 2005 03 15 제25100−2005−000008호. |
| | 경기도 파주시 소라지로 228-2(송촌동 579-4) |
| | Tel 442−4623 Fax 6499−3082 |
| | www.kookhak.co.kr |
| | kookhak2001@hanmail.net |

| | |
|---|---|
| ISBN | 979-11-89817-10-7 *93810 |
| 가격 | 21,000원 |

* 저자와의 협의하에 인지는 생략합니다.
  잘못된 책은 구입하신 곳에서 교환하여 드립니다.
  국학자료원·새미·북치는마을·LIE는 국학자료원 새미(주)의 브랜드입니다.
* 이 도서의 국립중앙도서관 출판예정도서목록(CIP)은 서지정보유통지원시스템 홈페이지(http://seoji.nl.go.kr)와 국가자료종합목록시스템
  (http://www.nl.go.kr/kolisnet)에서 이용하실 수 있습니다. (CIP제어번호 : CIP2019010925)